放送委員会のススメ

飯田橋　ネコ

文芸社

もくじ

登場人物

中島　真希　＊　主人公　　一人称は〝あたし〟
早瀬　洋平　　　キモヲタ　あだ名は〝だっち〟
神崎　美鈴　□　前の委員長　一人称は〝わたし〟
加瀬　俊之　☆　元３年生　一人称は〝俺〟、あるいは〝オレ〟
白山　雪子　■　次の委員長　一人称はやっぱり〝わたし〟
葛西　智子　○　中途採用　一人称は〝私〟
葉子　さん　　　裏切り者　一人称は〝アタシ〟

他多数でお送りします。

いろいろと諦めなければならなかった女の子。
いろいろと諦めることを美徳とされる男の子。
一人称と二人称の変遷を身をもって感じてる、
全ての１９７８年生まれに……。

祭りのあと

〝ぱちんっ〟

沸き上がる歓声、の後ろで、とりあえず手を合わせる。ちょっと疲れてるけどとにかく手を合わせる。そう、ちょっと疲れてるので無表情にぱちんと……。そして思いっきり伸びをする。と、手元のトランシーバーのランプが光り、右耳に突っ込んだイヤホンからいつもの間延びしたやりとりが聞こえてくる。

〝智子さんとれます～？〟

〝はーい〟

〝ステージ側のアンプ落として～、ファンタムは……今落ちた～〟

〝了解でーす〟

だっち（音響やってるヲタな先輩）が隣で音響卓いじりながら智子とぶつくさお話ししてる。

「早く帰れよな～、バラシが残ってんだからさぁ～」

などとあたしは愚痴る。とにかく客がいなくなるまでバラシはできない。一応のルール。だっちは横でいつもの客出し音楽をかける。先輩の趣味はよくわかんないけど、この曲は好きだ。Dee-Liteとか言ってたけど、よくは知らない。

笑ったり泣いたり、とにかく大騒ぎしながら、ゆっくりと体育館の出口に吸い込まれてゆく人波。見慣れたブレザーの制服の中に混じる幾人かの学ラン男子。ん？　後夜祭は他校生つれてきちゃいけなかったんぢゃなかったっけか？　それはともかく、その中の一人と、ふと目が合ったような気がした。なんだってこっちなんか見てるんだろう？　そんなことぼんやり考えてるうちに、ほどなく空っぽになる体育館。

「完パケでーす」

あとはお決まりのドタバタが始まる。

「楽器はやく片付けて！」
「このシールド誰の？」
「んだよ！　俺のACアダプタどこだよっ！」
「台車通りま～す」

「そこケーブル通ってるからダメ！」

「だーっ、スタンド倒れるっ！」

「そんなのあとでいいからっ！」

「やべっ、ピックなくした……」

「俺のACアダプタ……」


東京都立飯田橋高等学校第60回文化祭。そのラストを飾るイベント、後夜祭は終了した。しかし、それは一般生徒にとっての話。飯田橋高校放送委員会――Iidabashi Broadcasting Committee――I.B.C.の面々にとっては、まだまだ始まったばかりのバラシ――撤収作業――と、明日からも切れ目なく押し寄せてくるさまざまなお仕事――学校行事とかイベントとか――にまみれて流されてゆく日常の一コマに過ぎなかった。

体育館の床に敷かれたカーペットの撤収が続くその後方。演劇部謹製の平台で一段高くかさ上げされた1・8メートル四方の空間。二列に並べて置かれた華奢な長机の上に積まれた年季の入った音響卓。さまざまな周辺機器。型落ちのノートパソコン。それらを繋ぎ合わせる、見るからに複雑そうな大量のケーブル。

音響卓の脇には調光卓が並び、液晶ディスプレイや電源ユニットを従え、二人の委員を取り囲んでいる。舞台上の喧騒をよそに、一見冷静に動いているように見えるその人影。しかし、ここではここの戦いが始まっていた。彼らの手先は素早く動き、卓の周辺を凄まじい勢いで片付けつつ、時折ステージへ指示を送っている。

「バンドの子たちがハケたらステージの機材、上手《かみて》に寄せといて〜」

「レンタルの機材はいったん倉庫にまわして員数と動作のチェック！」

「常設機材を台車に載っけてステージ前まで持ってきといて〜」

「来週全校集会だから、フロントの色抜く時当たりよろしく〜」

「スモークマシンの空焚き終わったら、守衛さんに煙探《けむたん》復帰してもらって」

もし、委員たちが羽織る漆黒のスタッフジャンパーの下にネクタイやらチェックのスカートやらが見えなければ、もし、飛び交う会話の間に〝全校集会〟だの〝せんぱい〟だのが混じらなければ、もし、ここが飯田橋高校3階体育館でなければ、だれも彼らを高校生とは思わないだろう。

「だっちせんぱ〜い。そっちは人足りてますか？」

ステージの機材を片付けている智子が声をかけてくる。

「卓まわりは大丈夫〜、手あいたら多目《たもく》とプール回ってくれる〜？」

「もうそっちはバレてまーす！」

「え？」

「もう、多目的ホールとプールの方は片付いてまーす！」

だっちと顔を見合わせる。汗まみれのあたしは、うざったい前髪をかきあげ、にっと笑い、言う。

「どぉよ？」

「……やるじゃーん」

と言いながら、目線を外すだっち。ホント、目を見て話せないのよね、このヒト。

あたしはもう少しばかり褒めていただきたくて執拗に笑いかけてみせるけど、とりあえず無視されてる。と、体育館の入り口に生徒会《いけすかないかたがた》のヤツが姿を現す。

「すみませ〜ん。放送の人いますか〜？」

「なんですか〜？」

一応返事してあげるあたし。

「体育科から下校の放送入れろって……」

思わず二人揃って叫んでしまう。

「知るか〜っ！」

数刻後。飯田橋高校2階放送室。

「みんなおつかれ～。明日は……8時30分集合ですっ。え～、レンタルした機材の返却と放送室の復帰をやります。ついでだからケーブル全部引っこ抜いてメンテします。ま、明日ぐらいは呼び出しとか編集なんかもないだろうから、大丈夫でしょ。じゃ、そういうことでっ……と。いいんちょ」

白山に話を振るあたし。ちょっと真面目な感じで語り出す白山。さすがは委員長ってとこね。

「みなさんお疲れさまでした。前から言ってきましたけれど、今月から委員会の活動の中心は1年生のみんなに移っていきます。いろいろ大変だろうけど頑張って。じゃ、最後にだっち先輩」

「……えっ？」

たぶん何にも考えてなかったっぽい先輩。一応3年生なんだけどねこのヒト。

「え、って。先輩は今日で引退なんでしょ。挨拶とかないの？」

「あ、あぁ。え～今日で引退です。明日から来ません。じゃ」

現場の時以外のだっちは……はっきり言って冴えない。というか、まったくもって見た目どおりのオタク青年だ。視界が広いのがスキとかいって眼鏡デカイし、髪の毛は伸び放題だし、ヒゲも適当、顔色もだいたい土気色だ。〝電波浴びてくる〟とか言ってよく秋葉原行くし、ヘッドホンつけて小躍りしながら編集してる。そんな姿を見ていると、現場で仕事をしてる時のあのだっちは、いったいなんなのだろうとよく思う。まるで別人のように冷静に、そして飄々と仕事をこなす。そんなだっちが、明日から来なくなる。それは、なんだかとっても信じられないコトだった。

「とか言って、また来るんでしょ」

なんていじるあたし。

「……いや、来ない」

なんて返す先輩はなぜだかちょっと思案顔。

「じゃ、お疲れさまでした〜っ」

あたしが締めて、9月一番の行事が幕を閉じる。放送室の壁に貼りだされたスケジュール表を眺めれば、校内中のイベントがそれこそ分刻みで書き込まれている。体育館、多目的ホール、音楽室、校庭、屋内プールに数多くの一般教室。演劇や演奏、ダンスやパフォーマンス、運動部の親善試合に水泳部のシンクロショーなどなど……。そうしたイベントには、必ず放送委員の影があった。

生徒会のように目立つわけでもなく、部活のように目指す目標があるわけでもない。校内に流れるアナウンスのほかに、委員と一般生徒の間に接点は……あまり、ない。しかし、一般生徒は知らない。知ろうともしない。委員がいなければ、彼らの楽しい高校生活はたちどころに滞るということを。

あたしは放送委員会のそんなトコが好きだった。一生懸命青春してる人たちを、斜め下あたりから支えている感覚。どんなに頑張ってもあんまり目立たないし、認めてもいただけない。それどころか、当たり前くらいに思われてるような気もするし、特別感謝もされない。でも、そんなことを気にするほど暇じゃない。だって、あたしたちがやらなきゃ誰がやるの？

マイクに向かってしゃべれば声が出る。ステージに上がれば照明がつく。でも、それがどうしてできるのか、彼らは知らない、知ろうともしない。そう、彼らではない〝誰か〟がいるからだ。制服の上に黒いスタッフジャンパーを着たうつむき加減な人が来て、なんだかよくわからないことをしてくれると、「マイク」でしゃべれて「ピンスポ」があたる。

曲を編集したい。デモテープ作りたい。ライブやりたい。クラブみたくしたい……。

入学式や卒業式などの式典に始まり、新入生歓迎ステージに生徒総会、吹奏楽部や弦楽部の演奏会、演劇部の公演、軽音楽部のライブ、その他の雑多な学校行事。行事の合間の機材メンテナンス。そして、毎年2回やってくる殺人的お祭り騒ぎ、体育祭に文化祭。

　しかし、飯田橋高校は、それだけでは終わらない。彼らの青春は学校の外へはみ出し、小さな芝居小屋からライブハウス、クラブにイベントスペースまで、活動のフィールドを広げていた。そしてそんな時、何かをしようとする時、その影には放送委員がいた。わけ知り顔で暗躍し、光と音でなんだかすごい空間を創り、何事もなかったように消える委員たち。ただ、委員があまりに裏方に徹しているので、気づかれないだけなのだ。……ことによると、委員たちも気づいていないのかもしれない。

　放送室のシステム電源を落として鍵をかける。もう21時を過ぎてほかの生徒は誰もいない。非常口誘導灯にぼんやりと照らしだされた段ボールやベニヤの山々。文化祭の名残が散乱する暗くなった廊下に響きわたる七人分の足音。今、放送委員は七人で頑張ってる。あたし照明の中島真希《なかじままき》。委員長でアナウンスチーフの白山雪子《しろやまゆきこ》。アナウンス兼音響の葛西《かさい》智子《ともこ》。音響のだっち先輩。そして1年生の後輩、板橋京子《いたばしきょうこ》、秋水圭子《あきみずけいこ》、小坂倫《こさかりん》。あたしはひそかにこの七人は最強だと思ってる。

「じゃ、おつかれ～」

いつものように裏門のほうへふらりと消えていくだっち。うちの高校は自転車通学禁止なんだけど、そこの先に自転車を停めてるらしい。何がそうさせるのかは知らないし知る気もないけど、練馬から自転車で通ってるんだって。先輩を見送るその時。あたしには明日もこのやたらに背の高い髪の毛ぼうぼうのメガネ君に会う確信があった。そう、その時までは。

＊

文化祭の翌日。あと片付けで授業は休講だ。普通の生徒は休むし、昨日まであんなにフル稼働してた体育館のステージも、今は卓球台が並んでショートカットの女子たちがカコンカコンしてる。文化祭期間中に体育館をとられてたせいか、バレーボール部やバスケットボール部も、なんだかものすごい勢いで練習してる。体育館の高い窓の向こうにはすっきりと晴れ渡った秋の空が見えている。不思議な感じ。昨日までは戦場のような場所だったのに……。

そんな体育館を横目に、あたしは教室棟2階北のはずれにある放送室の扉を開ける。もうみんな揃ってて、賑やかに機材のメンテナンスを始めてた。女の子らしい、といえば華やかだけど、やってることがケーブルの導通チェックとかコネクタのねじ増し締めとか端子のクリーニングとかでは、なんだかすご~くもったいない気がするぞ……。

「おっはよ~」

相変わらず重たいドアを開けながら声をかけると、五人分の挨拶が返ってくる。

「おはようございま~す」

「みんな早いねぇ~」

「わたしは真希が遅いだけだと思う」

委員長だからって偉そうな台詞をのたまう白山。

「そんなこと言うのはこの口か~!」

ベンコットに無水エタノールを浸してる彼女の首根っこを押さえつけ、朝のスキンシップをしながらふと気づく。

「あれ?」

「……先輩は昨日で引退、ですよ」

秋水が教えてくれる。

「あ、そうか……」

この部屋にいつも穏やかに流れていた珈琲の香りが今日はない。いつも先輩が淹れていたから、当たり前のように思っていたけど、もう淹れる人、いないいんだ。

「珈琲ないんだ……」

「あっ、すみませんっ」

一年生《したのこ》が慌てる。

「あぁ、いいよ、いいよ。そんなことよりさ、レンタル機材の返却なんだけど……」

「あぁ、それならもう終わりましたよ」

と板橋が言う。

「え？」

「会社の都合で、向こうの運送屋さんが回収に来るって夜中に電話あって、学校早目に来て終わらせときました。先輩にメッセージ送りましたけど……？」

「あ、寝すぎで見てなかった。しかも着歴ヤバす……」

加瀬先輩♡って書いてある着歴が1:25とかいう非常識な時間に3回ってなってるのを見ながら思う。なんだ。加瀬さんに会えるチャンスだったのに。

「何か急ぎの仕事が入っちゃって、機材足んなくなっちゃったらしいのよ」

事情通の白山が教えてくれる。

「ああ、そう……」

「……真希さん、もしかして加瀬さんに会いたかったんですか？」

だーっ、智子！　微妙なことを言うなっ。

「いやぁ、ないない……」

ごまかそうとしたけど、付き合いの長い白山には通用しない。

「何その反応？」

「え？　真希先輩ほんとに？」

板橋、ちょっと黙れ。

「ちょっと智子、たいへん！　この子、顔赤くなってる！」

「真希さん、意外すぎるんですけど……」

「せんぱーい。かわいい～」

「こらぁ！　勝手に決めるなぁ!!」


加瀬さん。あたしが1年生の時の3年生で茶髪ピアスのチャラい系。高校卒業と同時に都内の照明会社に入社。いろんなライブやイベントの第一線で働いている。たまに放送室《ここ》にふらりと現れては、委員の子たちを現場に拉致ってくれたりする。はっきり言ってちょっと迷惑だけど、それはそれ。プロの現場に出ることはいい勉強になるし、バイト代ももらえる。加瀬さんは、〝オレより時給いいんだぜお前ら……〟なんて言ってるけど、花の女子高生（……わりに死語よね）こき使ってるんだから当然よね。

「……じゃ、天気もいいしさ、久しぶりにいっちょ走りますか！」

放送委員会は運動部なんかじゃない。でも、元吹奏楽部の葛西智子嬢に〝改革〟されたの。

『美しい声のために……肺活量倍増計画』

放送室の壁に貼り出された1枚の模造紙に書かれたそんなタイトルと、緻密で遠大な計画《プロジェクト》。興味ある人はあとで見といて。ま、それはさておき、あたしたちはケーブルや機材のメンテナンスを切り上げて着替える。窓のカーテンを閉めてからふと思う。そういえば女の子だけになっちゃったわね。前はだっちを追い出してから着替えてた。編集の途中だろうがなんだろうが追い出してた。今思うとちょっと悪かったかなぁ……。

飯田橋高校は靖国神社の隣にある。少し歩けば武道館があって、足を伸ばせば皇居だ。着替えたあたしたちは、神社の大鳥居の脇で念入りに準備体操をする。体育の時間じゃないので、みんな好き勝手な格好をしてる。あたしは薄手のシャツにショートパンツ。シャツの背中には照明機材のメーカーロゴ。この間のイベントの現場でバイト代がわりに頂戴したヤツ。

外国人さんのグループがこっちをじろじろ見ている。運動する女の子がそんなに珍しいのか？　鳥居の反対側から、男の子たちの集団が走り出すことに気づく。あれはたぶん男子サッカー部。年中ボール蹴りまくってる暴力集団。あたし的にはドッジボールの次に野蛮なスポーツだ。

「じゃ、いきますか」

皇居1周約5キロ。緑が豊かで、眺めもいいけど、意外にアップダウンの多いコースだ。ここのところ仕事に追われ、校舎中をかけずり回り、ろくに睡眠もとれなかった体が、100メートルもいかないうちに抗議の悲鳴をあげ始める。昨日は結構たくさん寝られたから平気だと思ってたけど、やっぱきついわ……。

少し苦しいけど、走るのは案外楽しい。白山や智子、1年生たちもちょっと苦しそうだけど楽しそうについてくる。仄暗い多目的ホールとかカーテン閉めきった体育館とか埃っぽい音楽室とかに缶詰になってたあたしたちに、久しぶりに色温度の高い光が降ってくる。やっぱり太陽は素敵な光源だ。いつもの照明機材の電球とかLEDなどとはモノが違う。

「なんなんだ、あいつら……」

「……思いっきり抜かれてるんですけど」

「どこの高校かなぁ？　なんか足速っ」

「……でも、レベル高いっすねぇ」

「うん。抜かれても、悔しくない」

「あれっ、あいつうちのクラスの……」

「何？　同じ高校？」

「そう、たしか放送委員会の……」

「はぁっ？　放送だとっ⁇」


サッカー部の諸君をはるか後方へおいてけぼりにし、千鳥ヶ淵から英国大使館前を過ぎると、視界がお堀と青空でいっぱいの下り坂。TOKYO FMから国立劇場前を下りていき、三宅坂から桜田門をひたすら左へとまわり込んでいく。祝田橋を左に曲がり二重橋を過ぎれば、右手に東京駅の駅舎がちらりと見える。道なりに進んで毎日新聞社前からは緩やかな上り坂。竹橋交差点を渡って国立公文書館の脇に入り、科学技術館の横を通り抜け、木立の間を走り抜ければ武道館。田安門をくぐれば目の間には靖国神社の大鳥居が聳《そび》える。

境内の木陰でしばらく息を整える。頭の上でざわめく秋の気配。木の葉を揺らす9月の風が、シャツから汗を掠めとってゆく。

「……さすがに、しんどいわ」

もう高校2年も後半戦のあたし。いつまでも若くはないのよね。

「年には、勝てないわね……」

あたしより半年も年上の白山。なんだか愚痴まで偉そう。

小坂がリストウォッチを見ながらつぶやく。

「先輩、タイムやっぱり落ちてますね」

「そう……」


そうやって火照った体を木陰でしばらく休ませる。だっちと走った時はもうちょっとましなタイムだったんだけどなぁ……。いいかげん休んだところにサッカー部がやって来る。ったく運動部なんだからもうちょっと走れってんだ、と思ってると、奴らは二周目に突入する。先頭の男の子が何か騒いでいる。〝文化部に負けるなんて、てめえらたるんでるぞ。もう1周だっ！〟って。これだから体力バカは……。

久しぶりに運動したら、結構くたびれた。靖国通り沿いの喫茶〝dutch〟に入る。ここはあたしたちのたまり場。学校は定時制があるので18時までしかいられない。だから仕事が終わらないと、よくここにお邪魔して続きをやったりしている。お世話になってます、マスター。

「こんちは～」

「いらっしゃい、珍しいね、お昼前に来るなんて」

「ちょっと、ね」

シャツにショートパンツなんてラフな格好のまま入ってきた女子高生の集団に、お店のお客さんたちは目を白黒させている。あら、刺激が強すぎたのかしら？　とあたし。いや、ただ汗臭いだけなのだと思う、と白山。マスターが首をかしげる。

「あれ、早瀬君は？」

「あぁ、先輩は昨日で引退したんです」

白山がマスターに説明してる。

「ほぉ、そうか。早瀬君も引退か……」

「そうなんですよ。まぁ年貢の納め時ってわけです」

そう言いながら、いまふたつくらい実感のわかないあたし。

「なんだか寂しくなるねぇ……で、何にしますかな」


とりあえず、アイスコーヒーだのココアだのをお願いする。ここにはシアトル的チェーン店みたいな複雑な名前の飲み物はないのだけれど、普通のなんの変哲もない飲み物が、とってもおいしい。そういえばここで挽いてる豆を放送室で淹れてたのが早瀬先輩で、豆の袋に〝dutch〟って書いてあったから〝だっち〟っていう安直なネーミングをしたのがあたしだったりするんだっけ……。

「マスターもお得意先がひとつ減っちゃいましたね……」

まぁそう言うあたしもいじれる先輩がいなくなっちゃったってこと、なのよね。


考えてみたら、昼間のこんな時間に普通に喫茶店にいることが、すごくめずらしい気がして、なんだか嬉しくなってしまう。お仕事してない時のあたしたちは、普通の女子高生なんだから。で、普通の会話ってヤツをしてみたりするわけです。


「真希は加瀬さんとはなんでもないの？」

なぜか上から目線で（実際背も高いんだけど）人聞きの悪いコト言ってくださる白山。

「あるわけないじゃんっ！」

「なんでそんなにムキになるかなぁ？」

「いや……ほら就職の話とかもあるしさ」

「……気が早くないですか？　まだ高2ですよ。私たち」

めずらしく口を挟んでくる智子。そういえばこの子もお得意先なくなっちゃったクチかぁ。

「そういう智子だって、もうとっくに自分で稼いでるじゃん」

「……そんな、私なんかまだまだアマチュアですよ」

智子が吹奏楽部辞めて放送委員会に来たのが、ちょうど1年くらい前のコト。あたしが夏休みの当番で放送室にいた時が最初だ。同じ学年にすごくサックスのうまい子がいるって話、噂では聞いてたけど、初めて智子を見た時は、まさかこの女の子がそうだとは思わなかった。

なんつうか基本的に人生のスタート地点からしてお嬢様な感じで、素敵な旦那さんと結婚して、子供は二人くらいで、きっと可愛らしいおばあちゃんになるんだろうなぁ、なんて勝手なお嬢様人生妄想してたっけ……。それが、今じゃ立派にCD出して稼いでるんだから、人の第一印象なんてアテにならないものよねぇ。


「白山は……何か考えてるの？」

「わたし？　わたしは国立の大学行って、官僚になって、定年まで勤めあげて、死ぬ」

「なんか面白みに欠ける人生設計ね……」

「ナニよ！　宮仕えって、実は一番難しいんだからね！」

「そうかなぁ」

白山雪子は放送委員会の中では一番まとも、というよりは普通の女子高生に近い。もっとも、あくまで近いってだけで、その正体知ったら誰でも呆れると思う。だってこの優等生風味なメガネ女、もともとはただの廃人ゲーマーだったんだから。

〝高校入ったら、バイトしまくって、課金ゲームでわたしTUEEEE三昧♡〟なんて不埒な人生設計《ヴィジョン》抱えて、奴はこの高校に来たらしい。実は結構な進学校だったりするウチに、なぜだか成績トップ（そういうあたしは4位～）で入学してきた奴を待ち受けてたものは、思いもよらぬ校則だったんだって。

〝第54条　校内へのゲーム機器類の持ち込みを禁ずる〟

ウチの代ならみんな知ってる、入学式スマホ（アプリの大半がゲームとかいうフザけたヤツ）没収事件。アレのあと白山は〝こんな不当な校則は廃して、普通の高校には当然あるべきゲーム同好会を設立させるのよ！〟って、まぁそれなりな頭をフル回転させたらしいの。で、〝とりあえず、マスコミは押さえとかなきゃね〟なんて言いながら放送室の扉を開けたのが運の尽きって流れ。

「でもさ、1年の頃はゲーム同好会とか騒いでたじゃない」

あたしよりも先に放送委員入ってた白山は、それでも影でこそこそ動いてたのよね。

「あ、あれ。あれはもういいの」

事情を知らない1年生たちがきょとんとしているので、心優しいあたしが説明してあげる。

「へぇ、先輩そんな人だったんですか。なんか……」

承服しかねるといった感じの秋水。

「なんか、ってナニよっ！　もー、いいの、昔のことはっ！」

先輩らしく冷静に反駁《はんばく》する白山。仕方がないのでフォローしてあげるあたし。

「でも、白山がゲームやんなくなったのって、今の旦那に会ってからよね」

「へ？　先輩、彼氏いるんですか？」

そうなんですよ。君たちの先輩にも春が来てるんですよ。もう秋だけどぉ。

「だぁーっ、それ言わない言わない！」

「こいつさ、生徒会室《うえ》の会長とつきあってんの」

「えーっ！　そうなんですかっ？」

板橋、お前声デカすぎ。

「……わたしはそうなんじゃないかと思ってました」

「わたしも……」

秋水と小坂がつぶやく。

「だって先輩って、最近放送室にいないこと多いじゃないですか……」

「委員長の集まりがあるとか言って生徒会室《うえ》にあがったきり戻ってこなかったり……」

「白山、もしかして隠してるつもりだったの？」

うなずく白山を見て、あたしは少し呆れる。

「っていうか、朝同じ電車に乗ってくんのに、どうして秘密なわけ？」

あたしはときどき見かける。白山と会長氏が同じ電車に乗って飯田橋で降りるのを。

「……だから駅からは別れるの」

「……どして？」

「いや、わたしみたいなのと一緒に登校したら、絵的にまずいでしょ」

「……あんた、まだ自分に自信がないとか言うわけ？」

いやね、あたしが言うのもなんだけど、白山は自分のことまったくわかってないと思う。長年のゲーム人生のせいで極度の近眼からの瓶底眼鏡で美貌《それなり》が台無しなパターン。この子、素材はいいのにもったいなさすぎるのよね、いろいろと。

「白山さぁ、いっぺんコンタクトにしてみたら？　人生変わるかもよ」

「……まぁ、これにはいろいろと事情があって、ね」

「ナニよ、もったいぶって……」

それにしても穏やかな昼下がり。喫茶店で女子高生とお茶会だなんて、なんだか危険が危ない感じ。ふと、カウンターの公衆電話が鳴る。ヤな予感。マスターが電話に出てふた言三言話すとこっちを向く。

「白山さん、に電話だよ」

この寂れた喫茶店の電話が鳴る時、その発信元はおおかた飯田橋高校3階生徒会室――通称〝うえ〟なのだ。その理由は明快。放送室の内線電話に誰もでない場合、奴らは内線番号表の欄外に書かれたもうひとつの電話番号にダイアル（わりに死語よね）するって仕組み。


話を終えた白山はテーブルに戻るとみんなに言う。

「演劇部がこの間の都大会で審査員賞とって、特別枠で関東大会に出ることになったんだって。会場は三島の市民文化会館。来週土曜仕込み、日曜昼本番。とりあえず、照明は中島で。音響はだっち先輩だったけど……どうしようか？」

「そりゃ、だっちにやってもらうしかないでしょ」

あたしは言う。

「今から引き継ぎなんてできないわよ、来週の話でしょ」

「じゃ、真希、先輩に連絡とって」

「なんで？」

「なんで、って先輩と一番仲いいの真希じゃん」

「はぁ？」

なんでそうなるかなぁ。

*

次の日、いつもどおりに授業が始まった。ってことは、放送委員会も通常業務に戻ったってわけ。うつらうつらしながら午前中を過ごし、昼休みから全開で動きまわって、午後の授業は適当にやり過ごし、放課後は再び全開で働く、そんなインターバルな日常を繰り返してきたあたしにとって、1限目と2限目の間に、3年生の教室のある階まで行くことは、ちょっとした冒険だった。

結局、昨日は先輩に連絡がつかず（携帯とかスマホくらい持ってて欲しいものだわ）、今日こうしてあたしが直接ご挨拶に伺うことになったのだけど、先輩が普段教室でどんな有様なのか想像したこともなかったので、実はかなりおっかなびっくり。本当に教室で椅子に座って勉強なんかしてるんだろうか？

この高校の一般教室は、狭い敷地に無理して建てた校舎のせいで〝横に長い〟なんてフザケた形の教室がフロアごとにふたつずつあって、そのまま科学コースのクラスにあてられてるの。

　学校自体は一応普通科なんだけど、コース制とかいう謎制度になってて、生徒は学区とか関係なしに全都から募集してる。で、入試の時点で語学コースと科学コースに分かれるって仕組み。まぁ俗に言う文系と理系ってコトね。

　人の世の常で、理系の人々はアタマがいいと相場が決まってる。だから優遇されてるのかどうかは知らないけれど、とにかく科学コースの教室は横に長く、しかも広い。教室内の電源も60アンペア確保できて、ちょっとした催し物にも余裕で対応できる。電源不足で、隣のクラスと照明用の電源を融通しあわなきゃならない語学コースの教室とはエライ違い。で、先輩のいるクラスがこの3年6組《りけいべや》なのだ。


「早瀬先輩いらっしゃいますか」

　休み時間を迎え、少し騒然としている廊下から、教室の入り口脇でおしゃべりしてる集団に話しかけてみる。

「はやせ……、はやせ？　あぁ、早瀬君ね。あそこにいるけど……寝てるわよ」

　クラスの人に名前まで忘れかけられてるよ！　それはともかく、その女の人の指差したほう、教室の一番後ろの一番窓寄りの席に、机の上にぐったりと伏している人がいた。

……でも、違う人だ。あのうざったそうな髪の毛がないぢゃない。

「あなた、放送の人?」

「はい、そうですけど」

「何かあったのかしらね早瀬君。髪切っちゃったりして……あなた知らない?」

「ゑ?」

はぁっ? 髪切っただとっ? そんなのありえないぞっ。

とにかくあたしはだっちの机までつかつか寄ってって、背中をつんつんする。

起きろ~。可愛い後輩が来てやったぞぉ~。さも難儀な有様で体を起こす早瀬君。そしてあたしは会ってしまった。奴に……。

「おっ、中島か……どした?」

「うそ……」

その1年半ばかり前

2月24日。東京都立飯田橋高等学校入学試験の日。あたしはそれなりに緊張していた。模試でA判定だったとはいえ、出願したのがここ1校きりなのであとがない。由緒正しく歴史と実績のある進学校。充実の設備と独自のカリキュラム。活発な部活動と盛んな学校行事。そして何より可愛い制服と電車通学とあたし自身の経済的状況が志望理由。

JR総武線を飯田橋駅で降りて西口を出て左側、教会のあるほうの坂を道なりに上ってゆく。本屋や雑貨屋、レストランや喫茶店を過ぎると、大学や小学校や幼稚園や高校や中学があって、坂が急になってくる。そして、その坂の終わりにはやたらに大きな校舎が、冬の弱々しい朝陽の中、聳えていた。

時計を見ると、試験までは2時間もあった。開門時間も試験開始の1時間前なので、時間が余ってしまった。ちょっと息抜きしよっ。そう思えたのは自分でも驚きだった。な〜んだ、余裕じゃんあたしってば。校舎を横目に通り過ぎると靖国神社の鬱蒼とした木立が目の前に広がる。そこを横切ると靖国通りがあって、その向こうは千鳥ヶ淵だ。

あたしは学校説明会の時に目をつけていた喫茶店に入る。〝dutch〟の店内は、出勤前の会社員がそこそこに入っていて、珈琲とタバコの香りが鼻をくすぐる。

奥のほうからピアノの音が聞こえてくる。アップライトのくぐもった音がとぎれとぎれに。古びたこのお店のつぶやきのような音の連なり。カウンター席に腰かけてブレンドを頼んだあたしは、ふと店の奥を見やる。そこにはなんとも言えない光景があった。

その男の人は何かの本を譜面台にかけ、ときどきそれをめくっては鍵盤に触れていた。華奢な感じの長い指が、およそピアノの弾き方を知らないといったその手が、鍵盤の上をふらふらと彷徨《さまよ》い、またページをめくる。こちらに背中を向けているのでよくはわからないが、ゆるやかに伸びた背中が、小さめのアップライトピアノと対等に向き合っているので、あまり背は高くない。そして……。

男の人が振り返る。目が合ってしまう。きれいな眼差し……。一瞬ぼーっと見てしまったあたしは、あわてて視線を外す。しかし、その姿はしっかりと脳裏に残ってしまった。そして気づいていた。その男の人は、どちらかというと男の子で、でも年齢は見当もつかなくて、実はわりに背が高くて意外なほど身のこなしが速くて、でも心と体が同じところにいないような感じ。

で、なぜか妙に似合わない、ちゃちなえんじ色のネクタイをしめていた。洗いざらしのワイシャツの上に、とってつけたようにぶらさがってるその布切れが、これから入試を受けようとする高校の制服のものだって気づいたのは、その男、の子が本とジャケットを掴んで腕時計に目をやりながら、すごい歩幅で足早にお店の外へと消えたあとだった。

ちょっと待て。あたしに初対面でこれだけ言わせたんだから、もうちょっといてもいいじゃない。勝手にそう叫んだあたし（もちろん心の中で、だけど）は、席から腰を浮かして、彼の出ていったほうを見やる……。

カタッとカウンターにカップが置かれる。びくっと振り向いたあたしはカップを置いた店のおじさんと目が合い、一瞬なんだかすごく気まずい空気が流れた。さりげなく置いたつもりが、なんだかものすごい形相で見返されたものだから、おじさんも決まりが悪そうにカウンターの奥へと引っ込んでいく。思い直したあたしは席に落ち着き、珈琲をいただく。あら、結構おいしいじゃない……。

そして、なんとなく思い返していた。さっきの男の子の持ってた本、表紙に『Hubble Space Telescope Technical Supplement』とか書いてあった。それって楽譜でもなんでもないよなぁ、って。そして、ぼんやりと思い出していた。あの望遠鏡がＮＡＳＡに見捨てられて大気圏に再突入して流れ星になった日のこと。しばらく珈琲を飲みながらふらふらと考える。あぁ、今日は入試だったっけ……。

なんだか気が抜けてしまって、入試のことはあまり覚えていない。隣の席の子が試験前に手元に隠したスマホでずっと何かやってたのは妙に覚えているけれど。でも、合格することはわかっていた。だって応募倍率7倍程度じゃ、合格して当たり前よね ↓ あたし。

中学で同じ高校を受けた人はいなかったので、合格発表も一人で見にいった。当然あたしの番号はあったのだけれど、なんかどうでもよかった。それより、今の中学から早く離れたくて仕方がなかったのだ。実際、入学手続きを済ませたあと、あの中学には一度も行っていない。もちろん卒業式にも。そうすることで、人生やり直せる気がしていた。高校デビューっていうか青春デビュー？　とにかく、そんな気がした。それに、高校に行けば、あのピアノ氏に会うことだってあるかもしれない。

そう。実際のところ、彼はあたしの心の中にずっとひっかかっていた。そして、わかってもいた。彼はあたしのことなんか気づいてもいないってことを。人に関わってもらえないことには慣れていた。大方一人で生きてきたから。でも、あの朝、あたしの人生にふらりと現れた彼に、なんとなく懐かしい匂いを感じていたのだ。あたしの座っていたカウンターの横を通りすぎた時、腕時計に目をやるその横顔に。

＊

　４月４日。飯田橋高校３階体育館では、入学式が挙行されていた。都立有数の進学校らしく、式典は粛々と進行していく。学校長の挨拶は型どおりだったけれど、柔らかな物腰の白髪まじりの壮年の、その穏やかな眼差しにはどことなく愛嬌が漂い、ふとした拍子にまろび出てきた眠気を、少しのあいだ隅へと追いやる。〝それでは新入生のみなさん、残りの９千４３０万５６３１秒を有意義にすごしてください〟だと。

　それにしても、なんて優しい日なんだろう。体育館の上のほうの窓を見ると、抜けるような青空を背景に、桜が惜しげもなく舞っている。都心も都心なこの学校で、桜吹雪にお目にかかるとは……。

　隣の席で、そんな光景には目もくれず、妙にうつむき加減な女が、何やらこそこそし始める。手に持った原稿にスマホを挟んでるけれど、それで隠しているつもりなんだろうか？　小さな画面の中でＣＧのモンスターが音もなく右往左往している……。

「……新入生代表。白山雪子」
ステージの下、右手のほうで童顔の教頭が呼名する。……しかし、何も起きない。誰も立ち上がらないのだ。ざわめきが広がり、誰もが辺りを見回し始める。咳払いがひとつ。そして再び同じ台詞。ガタッ！　突然パイプ椅子がひっくり返る音が体育館中に響き渡る。さっきのゲーム女がスマホを摑んだままあたふたと立ち上がる。舞い落ちる原稿用紙。

「あ、はい！」

教諭たちの座る列から、つかつかと歩み寄るジャージ姿（一応式典なのよ！　おかしくない？）の先生。体育科、生活指導系、体力バカ。あたしの中で瞬時に分類されたその先生は〝新入生代表〟の手から、もはや没個性的なデバイスをひったくると、ふた言三言つぶやき、首を傾げて戻っていく。「もうちょっとでランカーだったのに……」などと口ごもりながら、落ちた原稿用紙を拾い集め、壇上へ向かう彼女。

妙な空気が流れる中、演壇に立った彼女は、やたらに大きな眼鏡を直しながら、第59回東京都立飯田橋高等学校入学式プログラム4番「新入生総代挨拶」を実行した。実に型どおりの挨拶が、せっかく手にした原稿を一度も顧みることなく済まされる。さらに妙な空気。彼女が席に戻る時、さっきの体育科の先生のほうが動揺してたくらいだ。なんだかへンな子だな……ウチの総代。

式典はその後、滞りなく続いた。新入生の呼名でキラキラネームが読めない先生がいたり（そういう時代なんだから、ふりがなくらい振っときなさいよ↓先生）はしたけれど、まぁ、つつがなく続いた。

「これをもちまして、入学式を終了いたします。新入生のみなさんは指示に従い、順番に自分の教室へ戻るように。午後1時から新入生オリエンテーションを行います。筆記具を持ち、この体育館へ集合すること。なお、保護者の方はこの場で説明会を……」

教頭がまとめて、入学式は終了した。列になってぞろぞろと教室に戻る。担任の先生がまだ来ない教室で、知らない者同士の間に流れる、なんだか異様に緊張した空気の中、同じ中学出身らしいグループだけが話に花を咲かせている。次のオリエンテーションまでは時間があった。眠いうえに空腹だ。どうしてくれようこの時間。

唐突にチャイムが鳴り、しばしの静寂が訪れ、先生が現れる。口ひげが似合うちょっぴりダンディな中年男。

「え〜、ここは1年2組です。間違えている人。いませんね……。え〜、一応出席とります。呼ばれたら起立して〝はい〟とかなんとか、まぁ返事をしてください」

そこまで言ってから、先生はふと気づいたようにこう付け加える。

「私は数学科の坂野《さかの》です。君たちのクラスの担当ですが、担任ではありません。みなさんはもう高校生なので、自分の面倒は自分で見ること。いいですね。何かわからないことがありましたら、職員室には行かないように、行っても誰もいません。事務関係のことなら1階の事務局、教科のことはそれぞれの研究室に行くこと。午後のオリエンテーションで詳しい説明があるので必ず出るように。では、一番、青葉卓君……」

妙に手慣れた感のある説明は、なんだか無茶苦茶な内容だった。高校って担任の先生いないもんだっけ？　まぁ、なるの初めてだからなんとも言えないけどさ……。

出席をとり終わると坂野は続けた。

「え〜、今から1時までは休憩です。昼食を持参した人はここで食べること。持参していない人。本校は給食はありません。学生食堂はつぶれました。ので、その辺のファストフードなり定食屋なり好きなところへ行きなさい。1時には体育館に集合すること。いいですね。では」

ますますもって適当な感じ……。クラスのみんなもなんだか気の抜けたような雰囲気で所在なげにお弁当を広げたり、教室からふらりと出ていったり。仕方がないのであたしはこの間のdutchに行くことにした。

裏門から出て神社を突っ切って、靖国通りを渡る。相変わらず桜が舞っている。一陣の風が吹き抜け、あたしにしては珍しくきちんとまとめていた髪をくしゃくしゃとかき乱す。めんどくさいわねぇと手をやった拍子にふと振り返ると、神社の木立の上、6階建ての校舎のさらに上に銀色のドームが見えた。ドームのスリットが開いていて、ドーム自体もゆっくり回転している。昼間から何をしているのかしら？　あれって星を見るためのものだよねぇ。

dutchは混んでいた。お花見の途中で寄ったらしいおばさま方。文庫を読んでいる若い男の人。テーブルを挟んで笑い合うカップル。あたしはカウンター席に腰をかけ、本日のランチセットを頼む。３５０円とはお買い得。期待はしていなかったけれど、やっぱりあのピアノ氏はいない。もしかして卒業しちゃったのかなぁ？　結構大人っぽかったしなぁ……。

結構ボリュームのあるクラブハウスサンドとコーヒーをおいしくいただき、あたしは店を出る。まだあと30分くらい時間があるので、お濠のほうへ歩いてみる。満開の桜の並木の下、穏やかな日ざしが柔らかなタッチで陰影をつける千鳥ヶ淵。そここで宴が繰り広げられ、お濠にはボートも出ている。飯田橋高校の制服のカップルがその中に混じって浮かんでいる。一見普通のカップルに見えたその二人は、何やら濠の水をビニールのバケツで汲み上げ、ビーカーに移し替えている。……何してるんだろ。

なんだか見てはいけないものを見てしまったような気がしたけれど、なるべく忘れることにして、もうしばらく散策。揚げ物とビールとするめと日本酒の匂い。風が吹くたびに舞い散る桜の花びらと、子供たちの歓声。大人たちのばか騒ぎと、寄り添う恋人たちの時間。それら全てが混ざり合って、日本の春を作り上げていた。あたしもいつかこの風景に馴染める日が来るのかしら……。ふと時計を見ると、あらあらもうこんな時間。あたしは人波を逆走しだした。

＊

午後一時。体育館に戻ると、すでに保護者の席は片付けられ、子供が高校生になってまでついてきた奇特な保護者の姿も、そして先生たちの姿もなかった。そのかわりステージの様子が変わっていた。学校長がしゃべっていた演壇の辺りには黒い幕が降りていて、その後ろは見えなくなっている。さっきまで陽の光が差し込んでいた高い窓も、今はその全てに黒いカーテンがひかれ、天井の水銀灯の白々しい光が、辺りをべったりと照らしていた。

ステージの反対側、座席の後方、体育館の壁際に一段高く組まれた台が増えていて、そこには華奢な長机とその上にやたらに積み上げられた機械があった。無表情な生徒が二人。制服の上に黒いジャンパーを羽織り、ポケットに手をつっこみ、機械に埋もれるように立っている。

色黒茶髪のホストっぽいほうは明らかに上級生で、時折首から下げた黒いアクセサリーみたいの（のちにそれが、ネックセットというモノだと知る）に向かって、何やらぼそぼそつぶやいている。その隣の、みるからにオタクっぽいのもたぶん上級生。中途半端に伸びた髪を後ろに束ね、あらゆる光を反射しそうな大きい眼鏡をかけている。

新入生が揃うと、ステージの右端に移されていた演壇に、先ほど入学式を進行させていた教頭があがる。その後ろに音もなくスクリーンが降りてきて、ステージ上が暗くなる。教頭にスポットライトが当たり、オリエンテーションが始まった。

「え〜、すでに知っているとは思いますが、本校のカリキュラムは2期制をとっております。つまり4月から7月までの前期と、9月から3月までの後期です。成績評価は各期の中間試験及び期末試験により判定されます。授業は全て選択式ですが、自分の所属するコースにより共通必修のものがありますので注意してください。入学手続き時に配布された冊子をよく読んで、きちんと授業を受けてください。くれぐれも単位が足りなくて卒業できなくなるようなことのないように。講義は60分、実習は120分……」

スクリーンにはプレゼンテーション画面が映しだされ、説明を補足している。


前から知ってはいたけれど、この学校のカリキュラムは少し変わっている。数少ない必修科目に比べ、とてつもなく多種多様な選択科目。外国語は最低2カ国語を履修すること。保健体育は講義と実技両方を履修して単位認定される。などなど。大学っぽいって言ったらいいのかな？　まぁ行ったことないけど。


「え～、授業に関しては以上です。次に……」

その時、体育館が真っ暗になった。ちょっとした騒ぎが起きる。カーテンを閉めきった体育館で、水銀灯が全て消えてしまったのだ。なになに？　停電⁇

「え～、みなさんお静かに、お静かに……」

やはり暗闇に包まれたステージから、何事もなかったように教頭の声が聞こえる……。

「次に本校の部活動について、説明してやるぜぇ‼」

次の瞬間ステージにパアッと明かりが点く。黒い幕が左右に開き、後ろからロックバンドが姿を現す。教頭は……あれ？　かつら投げ飛ばして、冴えないスーツ脱いでいるし

……。突然うなるベースとギター。ドラムが刻むビートが体育館を震わせる。あの……なんなんですか⁇

「ちーっす！　改めまして、入学おめでとう！　教頭改め、３年１組14番！　ShinsukeTakagiで～す！　って～ことで～、この学校の校則31条！　全ての生徒は部活動に所属すべぇしぃ！　にあるとおり、みんなはこれから重大な選択をしなければなりませ～ん！　青春の３年間をどうやってすごすのか～！　ちなみにぃ軽音楽部はいつでもみんなの入部待っておりまぁす」

軽音楽部主将（さっきまで教頭のフリして、この小芝居のために３日３晩徹夜で覚えたプレゼンテーションを一生懸命やってたんだって。いろいろとありえないわよね……）、高木新助《たかぎしんすけ》は静まり返っている体育館を一瞥すると、つぶやく。

「をーい…、ガン無視ですくわぁ？」

いや、無視じゃなくて、呆然としてるだけなんだと思うぞ。

幾分トーンダウンした軽音楽部はそのままＢＧＭを演奏している。代わって横から幾分まともそうな生徒が出てくる。ヤバい。こっちは文句なしの美形だ……。くわばらくわばら。

「みなさん、ご入学おめでとうございます。僕は３年１組の山本雄二《やまもとゆうじ》です。生徒会長やってます。びっくりしたかもしれないけど、これがウチの高校の伝統。新入生歓迎ステージ、の始まりです。さっき教頭先生の高木君も言ってたけれど、生徒はみんな部活に所属しなければなりません。これから各部の紹介をしていきます。制限時間は各部1分！　みんな準備はいい？」

「おっしゃー！　いくぜぇ！」

「おっけーよ～！」

「まいります……」

「ふぬふぬふぬ……」

ステージの脇のほうから、なんだかすごい声が聞こえてくるんですけど。

「……ちなみに、生徒会は役員を募集しております。この学校を仕切るだけの簡単なお仕事です。我こそはと思う新入生は、３階生徒会室まで来て、ね」

うぅ、気持ち悪いくらいの美形が、様になりすぎなウィンクしてやがる……。ざわめきだす新入生たち。

バスケットボールにバレーボール、野球にテニス、サッカーにアメフト、柔道・合気道に剣道、卓球にバドミントン、陸上に水泳に山岳……。工芸部に天文部、無線部に物理部、化学部に生物部、美術部に合唱部、吹奏楽部に弦楽部、茶華道部に手芸部に文芸部……。そして、まだまだ出てくるたくさんの同好会、スキーにスノボ、料理にダンス、漫研に映研、落研に歌舞伎研などなど。

ほかにも生徒会の下部組織として、出版に図書、式典実行に衛生などの各委員会が名を連ね、さらにまだいくつもの未公認サークルがあるというのだ。各団体は持ち時間1分を最大限に活用してパフォーマンスを繰り広げる。

お笑い系に絶叫系、拝み系に原稿棒読み。めまぐるしく展開するステージ。照明が生き物のように変化し、狙い済ましたように音楽や効果音が迸《ほとばし》る。そのあまりに見事なショーに、多くの新入生は圧倒されてしまっていた。さっきまであんなに静まり返っていた彼らも、徐々にテンションがあがっていく。きっとあれだわ。受験勉強の疲れと入学の緊張が一気に瓦解したんだろうな、これ……。なんだか、すごいことになってきたぞ。


そんな光と音の洪水の中、あたしはふと思い出した。さっきのホストとオタクは何やってるのかしら？　って。ついには大騒ぎになってしまった体育館、の後方に目をやる。あたしはそこに立っている二人――さっきとまったく変わらない、無表情の二人――の、その恐ろしく素早い手の動きにしばらく魅入ってしまった。二人の手が動き、機械に触れると、光が、音が、時にめまぐるしく、時にゆるやかに変化する。みんなは気づいていないのかもしれないけれど、この騒ぎを支配してるのは間違いなくあの二人組だ。そして、見渡せば体育館のギャラリーにもなんだかおっきなライトを振り回している生徒――そんな高い場所でスカート穿いてたらいろいろと危ないよ――が見える。この人たちはいったいなんなんだろう。

ステージが終わり、〝新入生のみなさまは教室へお戻りください……〟って、ちょっと素敵な声でアナウンスが流れる。また列を作って――悲しい習性よね――教室へ戻る。その時あたしは、もう一度あの二人組をちらっと見た。にっと笑い合い、手をぱちんと叩き合わせる二人。漆黒のスタジャンの背中に書かれたゴシック体の文字。目立たぬ色で〝I.B.C.〟なんの略かしら？

出口でリーフレットが配られた。教室に戻ってそれをひらひらめくっていく。今のステージに出ていた団体の紹介や、入部申し込みの方法などが記されたその冊子の最後のページ。Special Thanks の欄の一番下のほうに小さく書かれたクレジット。
〝Lighting & Sound：Iidabashi Broadcasting Committee〟放送……委員会、か。

それからの2週間は、新入生歓迎週間とかいうお祭り騒ぎ。はっきりいって授業どころじゃない雰囲気。1年生の教室のある2階の廊下には、いろいろな団体の上級生が思い思いの場所に机を出していて、どういうわけだか、終業のチャイムが鳴って教室のドアを開けた瞬間にはみなさまお揃いで勧誘が始まる。授業と授業の間、たった10分の休み時間であるにもかかわらず、教室を移動しようとする新入生の周りにはたちまち人垣ができる。

ついこの間まで中学生だったいたいけな少年少女を追いかけ回し、歓迎するというよりは自分たちが楽しんでいるとしか思えない上級生たち。でも、そんなバカ騒ぎも1週目を過ぎるとさすがにトーンダウン……してなかったりして。


「青春っていったら、やっぱりテニス！　ね、テニスよね！」

「んな、ミーハーなスポーツ誰がやるか！　ね、君はバスケをしたい。そうだよねぇ」

「あら、あなた小型軽量って完璧に短距離向きな身体《ぼでぃ》！　どう考えても陸上部でしょ」

「ダメよあんな体力バカな部活！　3年間ずっと走らなきゃいけないわよ！　どうせ走るなら私たちの陸上同好会へ……」

「青春は水泳だっ！　ささ、我らが地下温水プール（水深3メートル）へ……」

「もし私の空手部に入らないと言うなら……私を倒してからいくことね。その拳で」

「あ、あの、漫研……」

「クラブ同好会《ウチ》、渋谷でイベしてるからおいでよ。これフライヤー」

「ね、吹奏楽部やんない？　ね、ね、体験入部中は吹き放題だからさぁ、体験入部中は……」

「君、実験好きでしょ。昇華とか爆発とか。ふふふっ。僕にはわかるんだよね、僕には……」

だーっ、囲むな寄るな近づくなぁ！　部活なんて面倒なことパスよパス。それでなくてもいろいろ考えなきゃならないことあるんだから！　って言いますか、どうせあたしの背は低いです。それはともかく、追手をかわし、廊下を駆け抜け、次の授業〝現代文学基礎～娯楽漫画とその系譜～（前期）〟に出席するため、あたしは俊足を飛ばす。一応小型軽量は短距離向きってこと。……にしてもなんで現文が視聴覚室なワケ？

廊下の角を曲がると体育館棟と教室棟の間の薄暗いトコに出る。陽の光が入らないので、ここだけ暗くて寒い。おまけに人の気配もない。こんなトコあったんだ……。薄暗い廊下のだだっ広い壁にぽつんと扉。その上には〝放送室〟って札が出ている。やたらに厳重な感じの扉は内側に開いていて、白熱灯の光がぼんやりと漏れている。扉の脇にドラフティングテープで適当に貼られたＡ４のルーズリーフには、やたらに巧い楷書体が整然と並ぶ。

〝放送委員募集中〟

洋紙に毛筆なんてひどいぢゃない、なんて思いながらその前を歩く。ついでだから横目でちらりと一瞥する。ヘッドホンした髪の毛ぼさぼさの男が、山のような機械の前で小躍りしながら何かしている。うっ、あの時のオタクだ。見なきゃよかった……。後悔しながら通り過ぎる時、あたしの鼻腔をくすぐるものがあった。これは珈琲の香りだ。しかもこれと似た香りをどこかで嗅いだことがあるような……。

チャイムが鳴る。やばっ。廊下の突き当たりの階段を駆け上がりながら思う。校舎6階建てなのになんでエレベーターとかないのよっ。と、脇をすごい勢いで駆け上がる黒い影。小脇にルーズリーフと地学の教科書をブックバンドでまとめて、階段を3段抜かしくらいで上っていく。風になびく髪の毛がぼさぼさと跳ね上がる。あ、さっきのオタク……。ちょっとびっくりして立ち止まると、その黒い影はたちまち上階へと消えていった。

「あぶないじゃないの……」

つぶやきながら少し苛つく。何あの足の速さ。

＊

この学校はおかしい。そう真剣に思い始めたのは、新入生歓迎週間が終わった4月の下旬あたりだった。まず、授業からしておかしい。どう考えても文部科学省の学習指導要領から逸脱している。現文の前期は〝のらくろからポストエヴァンゲリオンの展望〟だし、地歴・公民は〝靖国神社と昭和史〟ばかりやっている。お願いだから日本敗戦のくだりで泣き出すとかやめてよね、足立《あだち》先生。あたしは文系コースのはずなのに、数学とか物理とかが平気で必修になっている。一度お試しで情報処理（前期）に出てみたけど、ありがちなオフィス系ソフトウェア講座なんかぢゃなくって組み込みＯＳ入門とかやってて意味不明。〝ＮＡＳＡが火星探査機などに使用したＯＳ、その優れた設計思想と汎用性に学び、現在の一民間企業による寡占状態に疑問を呈する〟とか言われても、あたしの人生には関係ないし……。

英語は英語で、先生が日本語をあまりしゃべれないとかで、嫌でも英語力が上がる仕様。授業はいつもその日の英字新聞を読むことから始まる。ミシェル先生の持ってくる新聞の切り抜きには、日本のニュースでは報道もされないような世界の片隅のニュースが載っている。名前も知らない小さな国の暫定政府と反政府勢力の抗争とか、中国の辺境支配の実態とか、紛争をビジネスにしている民間会社の訓練キャンプの様子とか。で、英語でそれについて討論する。先生の持ってくるものが新聞だけではなく、書籍だったり、写真集だったりすることもある。あたしがまだ子供の頃に起きたアメリカのテロと、それに続く長い紛争のこととか。世界的に有名な日本人アーティストのこととか。結構面白い授業なの。

でも、先生の英語、なんだか微妙に様子がおかしいので授業のあとでお話ししたら、実は英語圏の人ではないことが判明。お互い母国語でないって安心感からか妙に打ちとけてしまって、内戦が続く故郷のお話とか、本職の話とかしてくれて、あたしはなんだか世界が広がった。シャリク先生。故郷《くに》の放送局の海外特派員をやりながら講師だなんて、あなたは偉い。だけどなんで偽名使うかな？　ミシェルなんて今日び流行らないわよ。そもそも生徒にそんなこと教えていいんですか？

体育ならまともでしょと思っていたあたしはまだまだ甘く、しょっぱなから、授業時間内に皇居1周してくる、とか、雨の日の非常階段20往復（ウェイト付き）とかが普通で、バレーとかバスケはなかなかやらせてもらえない。新入生はまず基礎体力だっ、ボールに触るなんて十年早いっ、みたいなノリらしいけれど、それは運動部の理屈ではないかと思うのだが……。

そうこうしているうちに、4月下旬には早々に水泳が始まってしまう。男の子は可哀想に褌《ふんどし》をはく。いや、締める、か。夏休みの遠泳合宿（1年生全員強制参加！）に備え、男子は赤褌でひたすら泳ぐ。地下の温水プールはなぜか水深3メートルで、泳げない子は強制的に泳げるようにさせられる。〝人間、もともとは海の生き物であるから、絶対泳げる〟とか言われても、泳げない子にとっては恐怖の1時間だ。ちなみに女の子はスクール水着に黄色い腰帯。理由を聞いてびっくり。サメ除けと救助用だそう。それでいいのか？

ほかにも変なトコロはたくさんあるけれど、いちいち挙げたらキリがないからまた今度。ま、とにかく、そんなこんなで、あたしはくるくるまわりながら一日一日を過ごしておりました。妙に大学っぽいうちの高校は、どちらかというと、クラスのまとまりってのが微妙な感じで、最初のころ緊張しながら言葉を交わしていたクラスメイトも、休み時間や放課後になると教室から散っていく。もっとも普段の授業からしてバラバラなので、仕方のないことと言えば仕方がない。あたしは結構誰とでも話せるけれど、友達をつくるのは苦手だった。一緒の部活に入ろうよ、とか、お昼飯田橋のカフェ行かない？　とか言われると、ちょっとばかしひいてしまう。これぢゃあ中学の時と一緒ね……。

結局なんとなくお昼は一人でdutchにいる。珈琲とタバコの匂い。やっぱりピアノ氏はいない。いつもの穏やかな昼下がり。もうすぐ5月。連休明けにはもうちょっと考えなきゃ、ね……。

?

彼女（え？　あたしのこと？）の座るカウンターの後ろ。テーブル席に同じ飯田橋高校の制服を着たグループが座っている。ダークブラウンのテーブルを寄せ並べ、その上に書類とファイルの山を構築して、何か小難しい面持ちで話をしている。そのひとつ隣のテーブルには見覚えのあるスタジャンを椅子の背もたれにかけ、利発そうな女の子が所在なげにグラスを見守っている。女の子というよりはお姉さんな感じもするその生徒は、グラスの中の最後の氷が溶け去るのを見届け、やがて立ち上がる。

「……では、詳細が決まりましたら、またご連絡ください」

凛としたその言葉の端に少々の棘と諦めをない混ぜにしながら、足早にその場を辞去する。カウンターのおじさんに軽く会釈して、折り畳んだスタジャンを小脇に抱えて店の外へ出てゆく。

〝ったく、いい加減にして欲しいもんだわっ！　この期に及んで競技増やして順番変えるなんて、仕事増えちゃうじゃないの。ただでさえクソ忙しいこの時期にっ！　もーツイてないわねえ……、それにしても新入生が一人しか入らないとかって、どういう事態なのよ！　とっとと引き継いで引退しなきゃ、わたしの人生計画メチャクチャよっ!!〟

などと頭の中で愚痴りながら、見目……だけは麗しき飯田橋高校放送委員会委員長2年3組神崎《かんざき》美鈴《みすず》は、信号がせっかちに瞬き始めた靖国通りを横断する。そんなにイヤなら委員会を辞めれば済むような気もするのだが、妙に責任感のある彼女のアタマにそのような考えが浮かぶはずもなく、ストレスのかたまりとなって、校舎のほうへつかつか歩いていく。裏門から入り、階段を上がり、放送室に戻る。いつものようにたゆたう珈琲の香り。

ヘッドホンを耳にあて、オープンリール（馬鹿でかいカセットテープみたいなモノ。昔の映画に出てくるコンピューターのクルクル回ってるヤツ）をがちゃがちゃいわせている早瀬が、委員長のご帰還に気がつき振り返る。


「おかえり。呼び出し依頼溜まってるよ」

「って、なんでやってくれないのよっ！」

「……だってアナウンスしようとすると神崎怒るじゃないか」

「当然よ！　ろくに発声練習もやんないエンジニア《あんた》にアナウンスなんか……そもそも雪ちゃんはどうしたのよ」

「あぁ、白山さんなら4限水泳だから、時間かかってるんじゃないか？」

壁にかかった行動予定表。委員たち各自の時間割やら行き先やらが複雑に書き込まれ、傍目には何が何やら判然としないその表を見ながら、早瀬は答える。

「着替えとかあるし、それ以外にも女の子はいろいろ大変なんでしょ」

「かかりすぎよ！　ったく、なんでうちの代は二人しかいないのかしら」

「最初はあんなにいたのに、な」

「あれは加瀬先輩目当てよ！　今年も歌って踊ってくれればよかったのに……」

「……じゃ、誰が調光卓つくのさ」

突然、神崎は早瀬の顔をのぞき込む。

「な、なんだよ」

「……間違ってもアンタ目当ての新入生なんて来ないわよね〜」

「そりゃ、そうだ」

「今年は新入生たくさん入れて、引き継ぎやって、とっとと引退するからね！　早瀬もしっかり勧誘すんのよっ！」

「はいはい……」

「ふふーん、他人事《ひとごと》だと思って……早瀬にいいこと教えたげる」

「……いいこと？」

「おめでと〜。体育祭。競技増えま〜す&順番変わりま〜す」

今度は早瀬がげんなりする番だった。ぼさぼさに伸びた髪の毛（本人曰く流行りの無造作ヘア）まで、心なしかやつれている。

「そんな、今からかよ……」

意外にもへこんでいる早瀬を見て、神崎は少し得意気になる。

「あら、早瀬殿も落胆なさることがあるのね」

「まぁ、一応人間なんでね……」

「一応って自覚あるんだぁ」

「……ほら、呼び出し、呼び出し」

ひとつ伸びをして神崎は放送卓に腰をおろす。背筋を伸ばし、メモを一瞥する。相変わらず憎たらしいほどの達筆で、呼び出し依頼の内容が書かれている。

3年5組山下↓体育科、式実委員長↓上、吹奏楽部部長↓上、天文部部長↓天文台、水泳部部長↓体育科、などなど。すでにメモはちょっとした紙束になっている。

そこへさらに電話がかかってくる。アナウンスに備え、着信ランプに切り替えてある電話を早瀬が取る。

「はい、放送室です。はい、はい、生徒会長を英語科。はい……」

そうこうしているうちに委員長が放送卓の出力選択スイッチをいじり、呼び出しチャイムを再生し、カフをぐいと押し上げ、アナウンスを開始する。

「お呼び出しいたします。3年5組の山下さん、3年5組の山下さん……」

増えたメモを神崎の脇の紙束の一番下に追加して、早瀬はオープンリールの前に戻る。なぜ21世紀に入っていい加減たっているのにオープンリールで編集せねばならぬのかというと、それは今しがたまでのやり取りが嘘のように美しい日本語、正しい発音で〝お呼び出し《アナウンス》〟をしている我らが委員長が、この間の新入生歓迎ステージのバラシの時に、ノートパソコン（りんごのヤツ）をニュートンの法則（りんごだから仕方がないわよねby神崎）に従わせてしまったからにほかならなかった。結果、6月の体育祭に向けて、各競技やチアリーディング、パフォーマンスなどで使用する音楽の編集と再生を、もはや骨菫品となったこのオープンリールに頼らざるを得ない状況となったのだ。

新たな競技追加と順番の変更は、せっかくつくったAリールやBリールの編集やり直しぃ～！　という単純な事実として早瀬へ跳ね返ってくる。パソコンだったら何回かのクリックとかドラッグで済む作業が、オープンリールだと余裕で小一時間かかってしまうことだってある。また当日アナウンスを担当する神崎も、原稿やら何やらを全部見直すことになる。これはますます新入生獲得が至上の命題となってきた。

「そもそも新歓行事にまともに参加できなかったのが痛かったわね……」

溜まっていたアナウンスをこなし、ひと息ついた神崎はつぶやく。

「……一応、客席にブース組んだし、リーフレットに名前も載せてもらったから、少しは宣伝になったはずなんだけどな……」

と早瀬。

結局4月29日現在、放送委員会に新入委員として迎えられていたのは、1年5組の白山雪子ただ一人だった。

「だいたい、委員の絶対数が少なきゃ、予算の枠だってどんどん削られるんだからね」

「そりゃ、たしかに問題だな」

「そもそも表の貼り紙がいい加減すぎるんじゃない？」

「こんな校舎と校舎の隙間みたいな廊下、誰も通らないよ……」

「わかった、アンタちょっと1年生の教室行って新入生引っ張ってきなさい」

「いいけど神崎編集してくれんの？」

「……なんか最近、反抗的ね早瀬」

「一応人間ですので」

神崎はふと壁の行動予定表に目をやる。ちょうど一人分だけ綺麗さっぱりの欄がある。〝長期休暇中♪〟とだけ書き残して。どうせロクでもないことしてるんだわ、先輩。

「……うーん。お願いしてみるかな」


ふーっとひと息ついて、神崎は自分のマグカップに珈琲を注ぐ。早瀬のことはどうでもいいけれど、奴の淹れた珈琲だけは別なのだ。なんの変哲もないペーパードリップで淹れた珈琲なのだが、その香り高い液体は、神崎の珈琲感を一新させてしまった。自宅《うち》でどういう淹れ方をしても放送室《ここ》の珈琲にはかなわないのよねぇ。いっそのこと珈琲研究会とかにしちゃおうか、ここ。

呼び出しがひと段落したので、神崎はデスクワークに戻る。先ほど喫茶〝dutch〟で行われていた式典実行委員会体育祭実行部第13回定例会の結果をふまえ、こと細かに作り上げていた司会進行用のアナウンス原稿や進行表やその他雑多な書類の修正や作成を、凄まじい勢いでこなしていく。途中で何度か呼び出し依頼の電話がかかり、アナウンスもこなす。

その脇では、早瀬がこれまた凄まじい勢いで編集を進める。傍目から見ればそれはまるで本物の報道局か何かのように見えたかもしれない。しかし、彼らを見る者などいないのだ。新入生歓迎週間ということで開け放たれた扉の外は、薄暗い辺境の廊下。人が通るはずもなく、ただうすら寒いばかりの空気に珈琲の香りが彷徨っていくだけ。

静まり返った放送室にカチッと小さな音が響く。放送卓がマスタークロックからのリレー回路でオーバーライドされ、デジタルプログラムチャイムが予鈴のウェストミンスターの鐘を再生し始める。神崎と早瀬が没頭していた仕事から我に返り、普通の高校生に戻る。じゃ放課後、と言って二人はそれぞれの教室へ足を向けた。

この見目麗しき委員長と髪の毛ぼさぼさの冴えないメガネ男の組み合わせ。放送室が普段は閉ざされた密室ということもあり、一部の生徒の間では〝アイツら絶対ヒトに言えないようなうらやましいことしてるんだぜ〟的な邪推をされていたりもするのだが、そんな小学生レベルの噂を聞かされた二人は、おそらくこう答えるだろう。

「そんなことしてる暇があったら仕事するわ／するよ」

ちょうど同じ時、期待の新入委員、白山雪子が何をしていたかというと、保健室のベッドで仰向けになって、この学校に入学したことをまた少し後悔していたところであった。

「水深3メートルとかって、超絶無理ゲーじゃない？」

生まれて初めて足のつかないトコで泳がされ、プールの底が遥か彼方に見えた時点で気が遠くなり、一歩間違えれば溺死というところで、体育科の先生に腰紐で一本釣りされ、とりあえず保健室へ運ばれた白山雪子の二度目の後悔は、始まったばかりであった……。

放送委員会

高校に入ってあたふたしながら、いつの間にか一ヶ月が経った。トイレや教室の配置にも慣れて、あまり考えなくても校舎内を移動できるようになり、クラスの同級生の名前と顔とキャラがようやく一致し始めた、そんなある日。廊下にある大きめの個人用ロッカーの扉を開け、あたしは次の授業の教科書を引っ張りだしていた。政治・経済の授業なのに、なんでこんなわけのわからない教科書――グルメタウンガイド　〜霞ヶ関編〜　――なんだろう？　なんて思いながら。


「ナカジマ、さん……」

「はい？」

振り向くと。この間のホスト上級生がいた。いかにも日サロで焼きました的な顔の上に茶髪がふぁさっと乗っかっている。耳たぶに光るピアスがいかにもチャラい。

「あぁ、よかった、君だった。オレ3年2組の加《か》瀬《せ》俊之《としゆき》。ね、ちょっと時間いい？」

「すみません、ちょっと急いでいるんですけど」

「あぁごめん、じゃ、手短に」

「はい」

「君さ、新入生歓迎ステージん時にさ」

「はい」

「オレのこと、見てたでしょ」

……え？　いやいやそういうわけでは……。

「あぁ、でもあれでしょ、あの人たちなんなのかなぁ、とか思っちゃったりはしたんでしょ」

「え、えぇ」

「そうだよね、そうだよね」

そう、たしかにそう思った。少しだけ。

「じゃあさ」

「はい？」

「ちょっとやってみる？　放送委員《うらかた》」

「……え？」

「気が向いたらおいでよ。放送室。じゃ」

「はぁ……」

加瀬俊之なる上級生は実にさわやかな笑顔——さりげなくみせる歯並びは、まるで光を放ちそうなほどに整っている——を残し、あたしの目の前から去っていく。うぅ、キモイ。あぁいうのをイケメンとか言う人々もいらっしゃるのだろうけれど、なんか生理的に受けつけぬ。にしても、なんであたしの名前なんか知っていたのだ？　眉間に２本ばかりシワを寄せて、本日１回目の考慮時間に入る。

「……中島サン」

再び後ろから声をかけられる。はいはい、振り向きますよ、聞こえてますよ……。

「……はい」

「つ、次の政経、きゅ、休講だって……」

「あっそ！……うですか。ありがとう」

「う、うん」

なんだかびびりながら、エビか何かのようにあとずさる同じクラスの三浦君《みうら》——だったと思う——をかなりな勢いで無視しつつ、あたしは思った。うん、久しぶりに人といっぱい会話したわ。

で、普段ならとっとと帰っているところなのだが、あたしの足はなぜだか放送室に向かっていた。この間通りかかったので場所はわかってたけれど、やっぱり辺鄙なところだ。

前と違って重そうな扉が閉じられていて、中の様子を窺い知ることはできない。ただ、わずかに漏れてくる空気の振動が、この部屋の中で、何かがとんでもない音量で流されていることを窺わせた。扉のハンドルに手をかけると、びりびりと振動が伝わってくる。今開けたらヤバイかしら？

振動が収まる。ほどなくして軽やかな呼び出し音が流れると、アナウンスが始まる。

「お呼び出しいたします……」

この学校のアナウンスをしている人って、どんな人なんだろ？　すごい素敵な声。

「……組の斎藤さん、２階国語科研究室までおいでくだピー!!　バツっ！！　きゃっ!!ボンッ！！！」

突如校内中に響き渡る凄まじい爆音……中断されたアナウンス。……何かがこの部屋の中で起きている！　とりあえず扉を開けてみる。

「何すんのよっ！　アナウンス中でしょ!!　マジ死んで!!」

「……ごめん、ケーブルでショートさせちゃった」

「ごめんじゃすまないわよ!!　どーしてくれんのよっ!!　もーっ！……あら」

「……お」

「こ、こんにちは」

お取り込み中すみませんって感じで、あたしは挨拶してみる。怒ってるほうはこの前の新入生歓迎ステージの時に巨大なライトを振り回していた人だ。んで、怒られているのは後ろのほうにいたオタクだ。

「……呼び出しの依頼ですか？」

ライトの人が聞いてくる。さっきのアナウンスと同じ声だ。この人だったのかぁ。声と同じく顔も素敵。

「あの、さっきホスト……じゃなかった、加瀬さんに声をかけられまして。気が向いたらおいで、って」

「ってことは、向いたってこと？　気が」

「えぇ、まぁそういうことにな……」

突然、ライトとオタクが叫んだ。

「二人目⁉」

「すげえ、二人目だ！」

まるで子供でも授かったような喜び方をひとしきり。

「って～ことはエンジニアだなっ！　おっし！」

オタクのほうが強気になる。

「……まぁ、一人目はアナウンス《うち》でもらっちゃったしね」

とライトが言う。

なんか、勝手にいろいろ決めているけど、あたしはまだ〝入る〟って決めたわけではないのよ。

「じゃ、これにクラスと名前、それから住所と連絡先書いてね」

鼻先に紙切れを差し出され、少したじろぐ。

「あの……」

「あぁ、ごめんなさい。わたしは神崎美鈴。委員長でアナウンス担当。で、こっちが早瀬。エンジニア……つまり機材を扱う人、音響担当。で、加瀬さん……先輩もエンジニアで照明担当。あと、あっちにいるのが白山雪子さん。あなたと同じ一年生。アナウンス担当。それから……」

「あの、立ち話もなんだから、どうぞどうぞ……」

早瀬なるオタクが奥の院へ誘おうとする。

『土禁』と大書きされている貼り紙の下に、小汚い巨大なスニーカーと可愛いローファーが並んでいる。ここで靴を脱がねばならぬらしい。床を一段上がった先には長机。その上にはわけのわからない機械がいっぱい。見るからに古そうな機械とそうでもなさそうな機械が同居しているけれど、それなりに整然と積み上げてある。壁には見たこともない大きなスピーカーが左右についていて、その間には見るからに分厚い窓ガラス。そのガラスの向こうにはもうひとつの部屋があって、そこへ通じる重たそうな扉を開けて、白山なる人物が現れた。この人は1年生なんだよな……というか見覚えがある。うん。スマホ女だ。

ウチの学年の妙な総代。

「こんにちは……」

「こんにちは」

なんだこのメガネ女子。何だか若干やつれているように見えるのだが……。

初対面の者同士に流れる、何とも言えない沈黙。穏やかに漂う珈琲の香りが、空気をつかの間ゆるりとかき回す。

「……あの、ここってどんなことするトコなんですか？」

「校内放送したり、いろんなイベントで照明とか音響とかするのが仕事よ」

「えらく要約したな、いいんちょ」

仕事って……部活じゃないのか？　これ。

「あの、入学式の時のイベントみたいなことですか？」

「そうよ。だいぶやっつけ仕事だったけどね、あれ」

そうなのか？　だいぶ手が込んでいたようにも見えたけれど。

「だいたい、参加団体が多すぎるんだよ、企画書だって適当だし、ぶっつけ本番もいいとこだったよな」

「そうねぇ、フォロー一人だから手が足んなかったし……」

「ふぉろーって、あのおっきなライトですか？」

「そうそう！　え～見てたの！　そう！　あのおっきくてぶっといやつ。あれ振り回すのすごい大変なのよ⁉　あっついし！　気づいてくれたの！　すごい！　才能ある‼　もうフォロー係で採用決定‼」

おおはしゃぎする神崎先輩の、文字にするとちょっとあぶない台詞とともに、なんだか決定してしまった。


「じゃぁ加瀬先輩のあと引き継いでもらうか」

「そうよ、わたしは書類仕事と生徒会室《うえ》との折衝でもう手一杯なんだから、明かりのことなんてやってらんないの！」

がちゃっと入り口の扉が開いて、なんだかホコリまみれの加瀬先輩が現れる。

「お、来てるね～♡」

「あ、おはようございます！　先輩！　新入生もう一人ゲットですよ！　名前はえっと……」

あ～、あたし名乗る暇《いとま》を与えられておりませんです。っていうかなんで〝おはよう〟なの？　もうじき夕方だよ。

「ナカジマ……何さんだったっけ？」

加瀬先輩が聞いてくる。

「真希です。中島真希」

おぉ、やっとフルネーム名乗らせていただけたぁ。

「……先輩。また手当たり次第に声かけてませんか？　オレに任せれば十人くらいあっという間♡　とか言って！　客引きじゃないんですから、もう少しちゃんと説明してから連れてきてくださいよ!!　だいたい、なんでそんなにホコリまみれなんですか！」

「ああ、これね。ちょっと倉庫で灯体いじってた。棚の上の機材に埃溜まりすぎだぞ、あれ。それから、このナカジマさんは違うと思うよ」

「違うって、ナカジマさん、そうなの？」

「え？」

「オレね、こう見えて人見る目あるんだぜ。この前の新歓ステージん時、彼女ステージじゃなくってこっちのほう見てたんだよ。探すのにちょっと時間かかっちゃったけどね」

まぁ、ここのところ授業が終わったら即下校してたからな。

「ナカジマさん大丈夫かなぁ……好きじゃなきゃ生き残れない世界なのよ、ここ」

などと怖いコト言い出す神崎先輩。

「神崎の口からそんな言葉が出てくるとは思わなかったな」

「……じゃ、どんな言葉が出ればいいんですか！」

面と向かってまくし立てられて、急にしどろもどろになる加瀬先輩。

「……え？　そりゃまあ、いろいろと」

「……な、なんなんですか⁉」

「はいはーい。お仕事お仕事〜。先輩もですよ〜」
手慣れた様子で仕切りなおす早瀬先輩。HP《ヒットポイント》削られた感じの加瀬先輩がそそくさと部屋の隅っこに収まる。なにこの微妙なラブコメ臭。っていうかホストキャラが顔赤らめてどうするよ。

というわけで、この部屋の空気を、なんだか唐突に好きになってしまった。こんな人たちと一緒なら、なんだか〝高校生〟できそうな気がした。あたしだってまだ15歳。人並みに青春したい気持ちは残っている。まぁ、そんなわけで、あたしは放送委員会に入ってみた。決め手？

〝零細企業みたいな雰囲気〟かな。

＊

放送委員会に入って、昼休みと放課後が消えた。入ってみてわかったけれど、ホント激務だわこれ。学校中の内線から呼び出し放送の依頼がかかってくるし、機材貸してくれとか、音楽編集してくれとか、今度のライブ（とかイベントとかパフォーマンスとか芝居とか）の照明（とか音響とか録音とか）やってくんない的な人が、あとからあとからやってくる。

体育館や多目的ホールでは、集会や総会といった学校の公式行事がスケジュールどおり押し寄せてくるし、その合間にとっくに耐用年数過ぎた機材さんたちのメンテナンスもしなきゃならない。

英語科は当然のように中間テストのヒアリングテスト用の録音を任せてくるし、視聴覚室とかの設備更新にまつわる仕様書や公示書や見積書などのあれこれを、先生よくわかんない♡で丸投げしてくる国語科とか、〝今度の学会で使うデータにかっこいい効果音とか音楽をつけてくれたまえ〟なんて、その学会の２日前に言ってくる数学科とかとかとか。

神崎先輩と白山さんがアナウンス業務の傍ら事務関係の仕事を片っ端から片付けているし、２～３個のヘッドホンを首にぶら下げた早瀬先輩が〝どれがどれの音なんだよ……〟とか独り言言いながら編集作業をしているし、部屋の隅の定位置では加瀬先輩がスマホのちっこい画面を見ながらメモ用紙に何やらさらさら書きつけている。

国語科から丸投げされた、やたらに桁数の多い金額がずらりとならんだ書類を繰りながら、白山が神崎先輩に尋ねる。

「先輩、この随意契約と一般競争入札って何が違うんですか？」

「あぁ、それね、機材買うだけだったら入札で、設備工事までやるんだったら随契《ずいけい》ってこと。このご時世だからほんとは全部入札にしなきゃだけど、今ある設備を改修するんなら、前と同じ業者さんのほうがラクでしょ」

「あぁ、そういうことですか。でもそれってちょっと高くつくってことですよね」

「でもね、新しい業者さんが入っちゃったら、既存の設備の調査から始めなきゃでしょ。前の業者さんが設備の内部設計に著作権設定してることもあるから、そういうこと踏まえるとかえって高くついちゃったりするの」

「へぇ、ただ単に面倒くさいってだけでもないんですね」

「そうそう、しかもね予算って単年度だから、ついた金額でできる範囲のことしかできないじゃない。続きは翌年度以降ってことになるの」

「……カットしたらカラーは来週別のお店でって感じですか」

「そうそう、そんな感じ」

「うわ～面倒くさいですね。だいたいこの概算要求の金額ってどうやって決めてるんですか？」

「業者さんから見積もりもらって作るのよ」

「……それじゃ業者さんの言いなりじゃないですか」

「でもね、いつ通るかわかんない概算要求《おねがい》に乗せる金額だから、物価とか材料費とか人件費とか上がっても大丈夫なようにしとかなきゃいけないでしょ」

「あぁ、だからこんなとんでもない金額なんですね。……って、もしかしてオリンピックとか豊洲とかも？」

「そうね、規模は桁違いだけど起きてることは一緒。日銀さんがインフレターゲット設定してるから、予算もそれ踏まえて組んでいくってこと」

「……もし物価上がらなかったらどうするんですか？」

「予算使いきれなかったら、編成した側の責任問題になっちゃうから使いきらなきゃなの。その見積書の最後のほうにいろいろあるでしょ。諸経費とか現場管理費とか。そのへんで帳尻合わせ。あとは内緒で機材入れてもらったり、かな」

「……それってまずくないんですか？」

「雪ちゃんはココの機材ってどうやって揃えたと思う？　生徒会からの予算だけで揃えられると思う？」

「あ……」

「そ。そういうからくりなのよ……。先生だって何の考えもなしに丸投げしてくるわけでもないのよ。持ちつ持たれつ、ね」

「……なんかすごいダークサイドですね」

白山さんの眼鏡がきらりと光り、神崎先輩の口角がくいっと上がる。

「なんか楽しそうね。じゃ、次は生徒会の予算要求のコツについて説明するね……」

あたしはそんなやり取りを横目に、早瀬先輩に渡された図面どおりに機材の配線をしてみる。ルーズリーフに毛筆でさらさらと書かれている図面に踊る文字は、まるで書道のお手本みたいな楷書体。わりに達筆なのよね、早瀬先輩。機械と機械をコードで繋ぐだけの簡単なお仕事だから、と言われて始めてみたのだけれど、コードを挿すところがいっぱいあって、なかなか迷う。18時には英語科から先生が来て今度の中間テストのヒアリングテスト用の録音を始めるのだそうだけれど、そもそもそれって生徒がやることなの？

「さすがに録音する時は、部屋から出なきゃいけないよ」

と早瀬先輩。編集がいち段落して、こっちの様子を見に来てくれた。

「でもボタンを押すだけでＯＫな状態にしておかないとね。先生たち素人だから」

ってこっちもただの高校生ではないかと思うのだが……。そんな思いをよそに、先輩は手慣れた様子で配線の仕上げをして、図面と比べながらいろいろ教えてくれる。なんだか水道の配管みたいだなって思う。まぁやったことないけどね。

加瀬先輩が部屋の隅で顔を上げる。

「悪い神崎、ちょっとショッピングおねがい……」

「……まーたですか？　まだ年度始まったばかりで、あんまり無駄遣いできないんですよ！」

「なんだよ、遊びで使うわけじゃねえんだから、いいじゃねえかよ……」

「はいはい、わかりましたよ」

まるで母親とバカ息子ね……。

「あ、いいんちょ買い物行くんならこれもおねがーい」

早瀬先輩が相変わらず達筆なメモをさらさらと書きあげて神崎先輩に渡してる。

「も～、委員長パシリで使うとか、どんだけいい性格のヒトたちなのよ……ついでだから雪ちゃんと中島さんも一緒に行く？　お買い物」

お買い物って、どこに行くんだろう？

＊

神崎先輩に連れられて都営新宿線本八幡方面行きに乗る。九段下駅から二駅乗れば小川町。そこからちょっと歩けば秋葉原だ。先輩たちからもらった買い物リストには、マイクケーブル（黒）30mとか3pinコネクタ（黒色）のオスとメスそれぞれ5個とか、熱収縮チューブ（黒）3mとか、C型コネクタオス3個とか、裸圧着端子100個入りとか書いてあって、まったくもって意味不明。

アニメだかなんだかの気色の悪い看板や貼り紙に若干怯えつつ、ハングルや広東語が氾濫するカオスな通りを、やたらとスカート丈短いメイド服着てチラシを配るお姉さま方を横目に、先輩の後ろについて歩いていくと、線路の下のやたらに天井が低くて狭っ苦しいエリアに辿り着く。先輩は顔なじみらしい店員のおばちゃんやおじちゃんに〝あ〜嬢ちゃん、また来たの？〟なんて言われながら買い物をしていく。

このコネクタはあの辺り、あのケーブルはあの辺りって、近所のスーパーの売場の配置みたいに教えてくれる先輩。ここで買えば、黙っていても高校名の入った領収書くれるし、ネット通販のお急ぎ便よりよっぽど早いし、お値段も成田価格とほぼ同じなのよって言われたけど、なんのことやらさっぱりだわ。

そういえばさっきから、狭い道を歩いていると人混みがささっと分かれてくださるような気がする。あたりを行き交う人々は、なぜか絶対に目線を合わそうとしないし。あたしたち、なんだかとっても場違いな感じがしてならないんですけど、どうなんですか？　先輩。

「あぁ、それね。わたしも最初は気になったけれど、慣れちゃえばどうってことないわよ。たぶんね、制服着た三次元の女子の目をまともに見れない人たちなんだと思うの……そんなことより、次からはあなたたちで買い物するんだから、よろしくね」

あぁ、やっぱり……。

九段下まで帰ってくると、〝ちょっと寄り道〟って言いながら先輩はdutchに入っていく。カウンターでおじさんに〝早瀬のいつものお願いします〟って言うと、その場で豆を挽いて渡してくれた。とってもいい香りのほんのりあたたかいかたまりが、かわいい豆袋に入って手の中に収まる。お会計をして店を出る。

「このお店の珈琲おいしいですよね」

「中島さんここ来たことあるんだ。そうね、たしかにおいしい。でもね早瀬が淹れるともっとすごいのよ」

「へぇ、早瀬先輩がぁ……」

「あいつの取り柄はそこだけだからね」

それはいくらなんでも言い過ぎな気がします……。

靖国通りをわたって裏門から放送室へと戻る。

「おかえり～おみやげは～？」

などとのたまう加瀬先輩を無視して、神崎先輩は買ってきたものを広げる。事情を知らない人が見たら爆弾でも作りそうな品々の横に、dutchの豆袋がちょこんと並ぶ。

「あ、豆ありがとう。ちょうど切らしてたトコなんだ」

「じゃ、お茶にしましょ。早瀬くんお願いね」

「はいはい、委員長さま……」

早瀬先輩が〝熟練の技〟（神崎先輩談）で珈琲を淹れてくれる。棚からマグカップを出しながら加瀬先輩が〝Give me coffee……〟とかつぶやいて〝いつの時代ですかっ！〟って神崎先輩につっこまれている。白山さんとあたしもマグカップを貸してもらって早瀬先輩に、くださいな、する。だばだばと注がれる焦げ茶色の幸せ。放送室中に広がるいい香り。あぁ、この香りだったのね。ひと口飲んでみてびっくり。お店のと全然違う。

「うーん、やっぱり名人芸ね。早瀬」

「早瀬よぉ、いっそのことオレん家で毎朝これ淹れてくれねえかなぁ」

早稲田に下宿住まいの加瀬先輩が、ＢＬ的な台詞で早瀬先輩の肩に腕をまわす。

「それって住み込みってことですよね……丁重にお断りします」

「そんなぁ、つれないこと言うなよ」

「だいたい先輩ん家、なんか女のヒト住んでるじゃないですか」

がたっ！　神崎先輩が突然立ち上がる。心なしか表情が険しい。

「早瀬くーん、詳しく聞かせていただけるかしら……」

「あ、早瀬、てめえ！」

「……この前、先輩に電話したら、なんか若い女のヒトが出ましたよ。『飲みすぎて寝ちゃってるよ～』って教えてくれました。あの声色は二十代前半、鹿児島産まれ大阪育ち、教育レベルは比較的高めで……」

一同固まる。早瀬先輩どこの科捜研ですか？

「あぁあ、そりゃ姉ちゃんだよ……」

「……加瀬先輩って一人っ子じゃなかったでしたっけ？」

この間〝オレは一人っ子なうえに一人暮らしだから超絶ワガママだぜ〟って自慢（なんの自慢なんだか……）してたのを覚えてた白山さんがつぶやくと、一同ふたたび沈黙。

「あ‼　下校の時間だ‼　神崎！　放送入れろよ！！！　じゃぁなおつかれ！！！！」

加瀬先輩が部品持って逃げた。諦めの境地に達したらしき神崎先輩が溜息をひとつつき、放送卓について下校放送を入れる。いつもの素敵な美声が校舎中に流れていく。うん、これもまた名人芸だわ。

「……これで本日の業務を終了いたします。I.B.C.」

カフを下げて、放送先選択スイッチをパチパチと切る先輩の後ろで、放送室の扉が開く。入ってきた英語科の先生にデッキの操作方法とかメーターの見方を教える早瀬先輩。先生の後ろから入ってきたシャリク先生があたしを見つけて〝Hi Maki.〟などと手を振りながら、珈琲の香りに気がついた様子。早瀬先輩が手早くふたつのマグに珈琲を注いで渡す。〝Oh nice coffee. おいしいデス〟とお褒めの言葉を頂戴する。

神崎先輩と白山さんはバルコニーに出て、サーバーやらマグカップやらを狭いスロップシンクで器用に洗ってる。〝録音終わったらここのブレーカー落としといてくださいね。鍵は数学科にお願いします〟などと早瀬先輩が説明している。編集道具とか予算の書類とかいろいろ片付けて（日々是整理整頓!!　by委員長）、荷物をまとめて放送室を出る。

階段を降りながら、定時制の生徒たちとすれ違う。日本人、中国や韓国の人、東南アジアの国々の人々が、スーツや作業服で登校してくる。あたしたちとたいして変わらない年の人たちが、昼間仕事をしてから登校してくるのだ。なんとなく背筋が伸びてしまう。世の中にはいろんな人たちがいるものだ。

「……そういえば部品持って逃げた加瀬先輩はどこ行ったんですか？」

神崎先輩がつぶやく。

「たぶん今日も体放で残業よ……先輩は」

「え、体育館放送室で、ですか……でももう定時制の時間ですよ？」

「そう、だから鍵とカーテン閉めて守衛さんに見つからないように残業なの」

なんというブラック企業……。

?

梅雨前線が列島の南にまとわりつく頃になると、校内も何やら落ち着きがなくなってきた。最初の頃こそよそよそしかった1年生の各クラスも、その他人行儀な雰囲気を一掃させ、体育祭に向け、なぜか凄まじい勢いで動き始める。1学年6クラス、計18あるクラスが縦割りで3団に分けられ、体育祭の優勝目指して突き進む。ただそれだけのシンプルなイベントの、いったい何が、彼らをそれほどまでに掻き立てるのか……。

……その衝動は、青春につきものの〝恋愛〟というイベントへの期待値の急騰に依拠するものであると言えよう……。出版委員会発行『月刊ダバシ』の論説員、2年5組橋本《はしもと》士郎《しろう》は語る。

……全都から入試倍率7倍という狭き門を突破してきた彼らのことだ。基本スペックは高めなうえ、3年間という限られたタイムテーブルの中、大学入試から卒業に至るまでのロードマップもだいたい思い描いている。入学して2ヶ月が経ち、日々の暮らしにも慣れてきた彼らの間に〝……そろそろかな〟とか〝今のウチじゃね〟といった雰囲気が漂い始めるのも無理からぬことである。

ましてや、中学時代を入試突破のための勉学に費やし、いわゆる地味系クラスタに所属していたであろう彼らが、親元や地元から距離的にも心理的にも離れた状況に身を置いているのだ。そこから迸る情動がいかに凄まじきものであるのか、想像に難くない。

また、1学年文系4クラス&理系2クラスという構成により、我が校の男女比は3：7という偏った状態になっており、わけても文系の3、4組は女子だけのクラス、俗に言う〝女《じょ》クラ〟という特殊編成であることから、通常の高等学校では決して起こり得ない、共学校のはずが男日照りの女子&微ヲタだけどワンチャンあるで的男子のストライクゾーン絶賛拡大中なボーイミーツガールが、〝朝の飯田橋駅前で待ち合わせて一緒に登校する二人〟とか、〝昼休みの屋上で仲良くお弁当を食べてる二人〟などという、実にけしからぬ事案として発生確認されるに至り、〝その他大勢〟を自認するような一般生徒にあっても、手を伸ばせば届くところにある都市伝説として、なおいっそうの現実味を帯びてくるのである。

そうした状況下でのこの〝イベント〟。ここでフラグを立てればあるいは、といった朧気な打算や切なる願いといったものが、若年ならではの焦燥とともに脳裏に去来するのも詮なきことかな……。

斯様な記事が〝そんなわけで非モテのワイも彼女ゲット（右側：論説員）〟などという
フザけたキャプション付きの2ショット写真とともに掲載された6月号を見るまでもなく、
飯田橋高校は浮き足立っていたのだ。上級生から下級生に至るまで一人の例外もなく。体育祭ならなんとかなるのでは？　という淡い期待を胸に……。

ひと口に体育祭といっても、運動部の専売特許的な催事ではないのが、この飯田橋高校の伝統である（とされている）。徒競走とか走り高跳びといったマトモな競技は脇に追いやられ、チアリーディングや応援団のパフォーマンス対決。校舎横に救急車を待機させての50人vs50人男子巨大棒倒しや100人vs100人女子騎馬大戦。たとえヲタ属性でも勇者転生できる巨大きぐるみ対決。その他大勢のモブ生徒を一緒くたに躍らせるストリートダンス（学習指導要領準拠）対決など、もはや競技と言えるのかどうかも怪しいラインナップがひしめき合っている。

各団・各競技に分かれ、放課後の練習に熱が入り始めた。とはいえ、紛うことなき都心に位置する飯田橋高校。校庭や校舎が彼らの情熱の全てを収容できるほどに広大であるわけもなく、乃木坂公園や竹芝桟橋など、都内に点在するさまざまなオープンスペースに、制服を着た集団がこそこそと集まり、乾電池駆動のラジカセから流れる微かな音楽に耳をそばだてながら、フォーメーションの練習などを繰り返すのである。

□

5月の最後の日曜日。せっかくの休みだってのに、昨日先輩から〝8:30六本木　正装　とっぱらい1万　一応印鑑　よろ〟ってメッセージが来た。一般的な女子高生が見たらまるで暗号よ！　なんて頭の中で愚痴りながら、8時15分には六本木駅の4a出口に上がる階段のところで待ち構える。おおかた結婚式のフォローかなんかでしょ。予想どおり大江戸線の改札から颯爽と（って自分では思ってるに違いない……）加瀬先輩が現れる。ビシッと決めたダークスーツ、場所柄とっても違和感なし。妙な時間に出勤してきたホストって感じ。


「おはよ。じゃ、いくか」

「おはようございます……。先輩、メッセージ暗号すぎますよ」

「通じりゃいいんだよ通じりゃ。だってお前いるじゃん」

一応乗換アプリと先輩の性格からあたりはつけてきたけれど、にしたってどんだけエスパーなのよわたし……。

まだカラスがゴミ漁りを諦めない時間帯。くたびれた空気の漂う六本木四丁目の路地に入っていく先輩。まだ低い朝陽がビルに遮られて肌寒いくらい。コート着てくればよかったかな……。

「お前、正装するとあれな、リクルートみたいでちょっとエロいよな」

「先輩、殺しますよ」

「冗談だよ……」

「……そんな感じで雪ちゃんたちに絡まないでくださいよ。まだ入学したばっかりで免疫ないんですからね！」

「あぁ、いい子達だよな、今年の一年」

「手出したら、立派に犯罪ですからね」

「オレだってまだ未成年なんすけど……」

なんていつもの馬鹿話をしながら、今日の現場。ってここ式場じゃなくないですか？

「今日はさ、ちょっとワケありでさ」

Club 9Milesは半地下式のジャズバー。天井は3階まで吹き抜けになっていて、キャットウォークが縦横に走っていて、そこにピンスポットが2台並んでる。先輩はずかずか入っていって、カウンターで黒人のバーテンさんと何か話してる。へぇ、先輩って結構マトモに英語しゃべれるんだ。意外なうえにちょっとむかつく。手叩いて大笑いしている二人。あれ絶対下品な会話だわ。男子って最低。

ふとウェルカムボードを見ると、今日の主役の名前がチョークで書きつけてある。……どっちも女の人の名前だ。


「レズビアンなんだよ、この二人。あぁ最近はＬＧＢＴって言わなきゃ怒られるか」

男同士の馴れ合いから戻ってきた加瀬先輩が教えてくれる。

「へぇ、そうなんですか」

「なんかさ、この前、地元の飲み屋で意気投合しちゃってさ。話し込んでたら泣き入っちゃってさ、結婚式挙げたいの、って。ＬＧＢＴが結婚できるとこって少ないらしいのな」

「で、話聞いてあげたんですか？」

「そうそう。ここの店だったらいけるかもって紹介したら、すげえ乗り気になっちゃってさ」

「先輩、意外といいヒトなんですね」

「お前、何年の付き合いだよ！　オレってけっこうイイ男よ」

……やっぱ死ね。


結婚式。ときどき加瀬先輩のバイトで連れてかれてるから、だいたいの段取りは体で覚えてる。ピンスポットでMCフォローして、入場フォローして、そのあと牧師をとって、キスをとって……。でも今日の式はとてもステキ。こぢんまりとしていて思いやりにあふれていて。こういうのいいなぁ。白いドレスをシャープ・エッジで追いかけながら、インカムのB回線越しに無駄話。


「あぁああ、いいなぁ、いつかああいう格好できるのかな……」

「そりゃお前、まずは相手探さなきゃな」

「先輩は?」

「ん?　あぁオレは紋付き袴。神前式って決めてんの」

「……じゃぁ、白無垢でもいっか……」

突然、新郎側のスポットが震えだす。小刻みに。

「な、何言ってんの神崎……」

「せんぱーい。手震えてますよー」


ほんといつになるのかしら、ね?

＊

そんなこんなで6月頭。すでにあたしの日常は放送委員会を中心に回り始めていた。毎日の昼休みと放課後は放送室に直行だ。

〝オレ三年だしぃ、照明だからぁ、今回は無職ぅ〜〟などと公言して、あまり放送室に姿を見せなくなった加瀬先輩以外は、体育祭に向けてフル稼働。

忙しそうにしてる先輩たちは、それでも合間にいろいろと教えてくれる。白山は神崎先輩に滑舌とか発声方法とか、正しいアクセントとか、原稿の作り方とか、予算のちょろまかし方とか、いろいろ伝授されている。

あたしは早瀬先輩と音楽を切り貼りしたり（ほんとにハサミとテープでやるんだけど、これ結構面白い）、この前秋葉原で買ってきた意味不明な部品で、わけのわからないものを作ったり（半田ゴテって根性焼きみたいでウケる。やったことないけど）、神崎先輩と体育館で〝フォロー〟の練習したり。いろんな機材の使い方はわかったけど、これでどうやったら4月の新歓ステージみたいなことができるんだろう。

「それは慣れだね～。あとは妄想力」

神崎先輩が答えてくれる。

「もうそう、ですか」

「そ、加瀬先輩、この間そこの隅でスマホ見てたでしょ。あれ何してたかわかる？」

「え？……ゲームとかですか？」

「あれね、外仕事の練習の動画見てたのよ」

「外仕事って……」

「あぁ、学校外の現場のコト。中島さんも、もう少ししたら行ってもらうからね」

「え、どういうコトですか？」

「新歓ステージの時、いーっぱい団体いたの覚えてる？」

「はい」

「あの人達が公演とかライブとかやろうとしても、ウチの高校には体育館と多目的ホールしかないじゃない。しかも、体育館は運動部が使ってて、多目のほうは巨大きぐるみ作製会場になっちゃってるから……」

「場所がないんですね……」

「そういうこと。だから芝居小屋とかライブハウスとか借りてやるの。あぁ、練習とか稽古はお金かかっちゃうからそのへんの公民館ね。で、その様子をスマホで撮って動画サイトにアップしてもらって、こっちで確認するってこと」

「なんか大変なんですね～」

「照明プランなんて、ぜんぶ妄想からスタートだからね～。現場入ってから考えたって遅いし。あ、そうそう、中島さんは夏休みとかどんな予定になってる？」

「え？　……いや特にまだ何もないですけど」

そんな1ヶ月以上先のことなんて正直わからないですよ……なんてことを思っていたら、先輩がカレンダーを見ながら言う。

「じゃあ、ここととこと、あとこっからここまで。予定空けといてね」

「え？　何するんですか？」

「日直とか、合宿とかいろいろよ」

合宿？　放送委員会で合宿ってなんだろう？

「気になる？　じゃあお楽しみってことで……とりあえず、水着は用意しといたほうがいいかもね～」

……ってことは、スクールじゃないヤツを買わなきゃいけないってことかしら。生まれてこの方、そんなモノ買ったことないわよ。先輩から言われたスケジュールを裏紙（その辺に落ちてた何かのプリント）に極細マッキー（その辺に落ちてた、けっこうかすれ気味のヤツ）で書きながら唸る。

「……中島さんって、女子力低いのね」

「……えぇ、たぶん保護者のおかげです」

ちょっと思い出す。あの裏切り者のこと。今何してるんだろう?

体育祭

６時30分。

などという非常識な時間に登校する体育祭当日。委員総出——といっても加瀬先輩いないから四人だけどね——で、式実（式典実行委員会とかいう巨大利権組織の略）の先輩たちが立てた運営テントの中に機材を設営する。ＣＤは砂埃がひどいから使えないんだ、って早瀬先輩は言う。何代か前の時代にエラい目にあったらしい。頼みのノートパソコンさんがいまだに入院中なので、オープンリール（昔の機械だから重さが30キロくらいあって地味に大変）を一生懸命担いで（まぁ担ぐのは早瀬先輩なんだけど……）きて、相変わらずの長机積載。音響卓と神崎先輩のアナウンス用マイク&カフボックス、それからバックアップ用の携帯プレーヤーなんかを並べてひたすら結線。機材の重さで机の天板がちょっと歪んでいるけれど、気にしない気にしない。校舎外壁の外端盤から電源と回線を引き込んで仕込み完了。電源投入！

7時45分。回線チェック。

神崎先輩が放送室に戻って、外端盤から放送卓に回線繋いで、〝外部入力1〟って書いてあるフェーダーを上げると、校庭のフェンスの柱に設置された年代物のスピーカーからスッカスカな音が出る。早瀬先輩が〝気は心……〟って言いながら、テントの脇に真っ黒い土管的なアイテム（サブウーハーとかいう名前なんだって）を転がしている。見た目はちょっとアレだけど、結構使えるんだよ、とのこと。どう見てもマリオとか首相とかしか出てこなさそう……。しかも私物らしい。先輩ってやっぱりおかしい。

8時。音出し開始。

早瀬先輩がワンツーワンツー（いつも思うんだけど、このワンツーってなんの意味があるの？）って言っている間に、あたしは校庭中を歩きまわって、20個あるスピーカー全部から、きちんと音が出てるかどうか確認する。

8時20分。いろいろ終わって、みんなで段取り確認。

式実からトランシーバーで進行連絡が来るので、それを聞きながらアナウンスCue《キュー》を出したり、変更点をアナウンス原稿に反映させるのが白山。バックアップ機器の操作があたし。アナウンスはもちろん神崎先輩。で、それ以外の全部がだっち先輩。

そうそう〝早瀬〟と〝加瀬〟って名前が似ていて、神崎先輩が〝加瀬せんぱいっ!!〟って怒鳴ると早瀬先輩までビクッてするし、なんかオタクっぽくてどことなく自信なさげな先輩に〝はやせ〟なんてイケメン臭漂う名前は似合わないから、ひらがな上等！　って感じであたしが名付けてあげた。本人まんざらでもない感じで〝だっち、だっち……うふふ〟って小声で反芻してたからもう採用でしょ。

８時30分。校庭に人があふれ返り始める。

ほんとにウチの学校の校庭は狭い。校舎側は運営と来賓と保護者の席。靖国神社側は１＆２組のレッド団、向こう正面には３＆５組のブラック団、飯田橋側には４＆６組のネイビーパープル団（なんて読みにくい名前つけんのよっ！　by神崎）が陣取る。各団の後ろには巨大なきぐるみさんたちがゆらゆらとうごめき、手作りの応援旗がはためく。

背後からカメラを担いだ人たちが声をかけてくる。〝ラインくださーい〟ってなんのことだろう？〝報道分配、そっちのマルチです〜、１k《ケー》送っときますから〜〟ってだっち先輩が答えている。地元のケーブルテレビが取材で入るらしい。

「って、そういうこと早く言いなさいよ！　こんな適当なメイクじゃまずいじゃない!!」

神崎先輩が不条理なキレっぷり。映るわけでもなかろうに。

9時。競技開始。

〝これより第59回飯田橋高校体育祭を開催いたします……〟

相変わらずの美声が校庭に広がる。


〝あ、呼び出しのお姉さんだ〟

〝え、ちょっ！　ヤバくない？〟

〝……ぐうかわなんスけど〟

〝ありだな……〟

一年男子がざわざわしている。

〝誰か行けよ女クラ！　行って玉砕してこいって！〟

〝あんな廊下で着替える集団、近づいただけで憤死余裕っしょ……〟

〝地雷原に咲く一輪の花、か……〟

事情に通じた上級生が諦めにも似た感懐を述べている。

いずれも死ねばいいのに。でもちょっと鼻が高くなる。だってあたしたちの委員長《せんぱい》だもん。


9時45分。最初の負傷者。

男子巨大棒倒しで相手陣地に特攻かけたブラック団遊撃2年5組近藤和也《こんどうかずや》が勢いあまって棒に激突して腕骨折。響き渡る〝メディーック‼〟の声。すかさず駆けつける衛生委員会の突撃医療班生徒。なぜ押し倒す、なぜ脱がす、なぜAEDチャージ⁇〝ちょっ、おま(泣)〟という文字どおり筆舌に尽くしがたい表情を浮かべながら、校舎裏門待機中の東京消防庁麴町救急麴町2(TRH221S型 通称ハイメディック)へ収容される近藤和也。そのまま搬送かと思いきや、隊員ら余裕の表情。奴らまだ積む気だ……。

10時23分。ブラック団応援団長3年6組如月淳平《きさらぎじゅんぺい》の掛け声(推定110ホン)に始まる勇壮なる大演舞。

全て生音で進行中のため、放送委員つかの間の休憩タイム。あぁああ髪の毛ぼさぼさだわぁ～。耳も発掘できるレベルで砂溜まってるし……。

11時40分。レッド団ダンスパフォーマンス。

神崎先輩が〝それでは、レッド団の……〟ってアナウンスして、だっち先輩がオープンリールのPLAYボタン押して、6ミリテープが回り出すと、数年前のダンスナンバーが流れだす。一糸乱れぬ200余人のダンスパフォーマンス、の先頭に立つのは紛うことなき……かっ、加瀬先輩‼　何やってんですかっ⁉

「先輩、あれで歌って踊れる系だからね～」

と解説するだっち先輩。

「まぁ、いいんじゃない、他に取り柄ないし」

と上から目線の下級生、神崎先輩。

〝かっせせんぱーい！〟

〝としゆき～!!　こっち向いて～!!〟

いわゆる黄色い声援が飛び始める。ますます不機嫌オーラを振り撒き始める神崎先輩。

「しばらく放送室来ないと思ったら、こういうことだったの……まったく」


♪……カケーラヲ～、で決めポーズ。全員びしっとフリーズ、からの、Nessun dorma!

え？　なんで⁇　思わずだっち先輩を見る。何事もなかったように音響卓を操り、なんだか違う音色に変化させていく指先。集団から解き放たれた加瀬先輩がソロで踊りだす。さっきまでのドヤ顔は消え、マジな表情に汗が滲む。バレエダンサー？　とも違う動き。素人でも強引に納得させる、そのしなやかな手足の軌跡。静まり返る観客。この出来事を表現するにはあたしの語彙と人生はあまりに足りない。ブラスとコンバスとティンパニの轟音が土管的なヤツからあふれ出る。


「……やっぱ、プッチーニは天才だよなぁ」

つぶやくだっち先輩。

終曲。ひとつふたつと集まって万雷の拍手となる。でも加瀬先輩はそんな観客の様子を眺めるわけでもなく、ただ一人の女生徒を見つめている。つかの間交錯する二人の視線。

〝えっ？　先輩……何よ？〟

小さくしわぶく彼女の、その頬にほのかに朱が差す。

職業意識が、この形容しがたい刹那に終止符を打つ。ひと息吐き、手元に目をやり、原稿をめくり、カフを上げる。原稿に赤が入っているので、迷わず、読み上げる。

「これでレッド団のダンスパフォーマンスを終わります。……なお、このステージをあなたに捧げます。２年３組かんざ、き、……ってこれ何よ‼　誰！　こんな赤入れたの！！！！」

校庭中に響き渡る神崎先輩の狼狽。口角を上げて退場してゆく加瀬先輩。無表情にＢＧＭを流すだっち先輩。あたふたと続きの原稿をまとめ直す白山。神崎先輩がクシャクシャに握りつぶした原稿には、いったいどんなコトバが書かれていたのだろう。そんな感じの11時52分。

通常業務

「これ……なんですか？」

体育祭が終わって、世間さまが期末テストに向けてのっそりと再スタートを切る、そんな6月第3週。校庭に引き回したマイクケーブル50メートル×2の被覆を雑巾で綺麗にして棚に戻している時、隅っこから妙な形のコネクタがついたパッチケーブルの束を見つけたあたし。

「あぁ、それね110号《ひゃくとう》だよ。へぇーめずらしいなぁ……」

だっち先輩が教えてくれる。

「標準に似てるけど、先っぽの形が全然違うでしょ」

「なんか丸っこくて可愛いですね。でもサビサビ……」

「真鍮だからね～、でもなんだってこんなとこにあるんだろ、旧校舎ん時のかな？」

「え？　きゅうこうしゃ？」

「そう、今から20年くらい前に取り壊しになった前の校舎。ちょうど今の校庭のあたりに建ってたらしいよ」

「ずいぶん昔のケーブルなんですねぇ。わ、ここなんかボロボロ、ちょっと焦げてます」

「危ねえなぁ、まぁもう使うこともないから、燃えないゴミに捨てといて」

「わかりました」

そう言いながら、あたしはそのケーブルの束をゴミ箱に入れる。ふと手を見ると得体の知れない黒い粉がいっぱいついちゃっている。〝うげぇええ〟と思いながら、バルコニーに出てスロップシンクで洗う。洗いながら思う。そういえばなんでここだけバルコニーがあるのかしら？


飯田橋高校放送室は教室棟の２階の北の端にある。渡り廊下を挟んで北側は体育館棟、南側はライトコートになっていて、四方を六階建ての校舎に囲まれている。夏のよほど太陽が高い時期でなければ、直射日光なんて差し込まない。どの方向を見ても外壁と窓ガラスしかないのに、なぜかこの放送室だけが上の階から１・５メートルくらい引っ込んでいて、バルコニーがついてる。手を洗ったり、歯を磨いたり、食器を洗ったりするのにトイレまで行かなくていいのは便利だけれど、ちょっと謎。

「うーん、なんでだろうな」

だっち先輩も知らないみたい。

「今度、林田《はやしだ》先生に聞いてみるよ」
「え？　誰ですかその先生？」
「中島知らないの？　ここの顧問だよ。数学科の先生」
この治外法権の固まりみたいな部活にも顧問っているんだ……知らなかった。

その日、家に帰ってからも手についた汚れはなかなか落ちてくれなかった。洗面所でも、台所でも、お風呂に入ったあとだって何か残ってる。残り湯で洗った洗濯物を部屋干ししながら、〝うーん気持ち悪いっ〟てつぶやいてみるけれど、返事をしてくれる人はいない。もう慣れちゃったけど。やっぱりちょっと寂しいな……。

？

……遠くから響き渡る拡声器で歪んだ声。吹き鳴らされるホイッスル。瓶が割れ燃え上がる炎。放物線を描いて交差する放水。それらがない混ぜになり、夏の耳元の蚊のようにまとわりついて離れない。ふと頭を回《めぐ》らせると、狭苦しい部屋の向かい側の小汚い机に背を丸めてかじりついていた男たちがうなだれる。

「放送が止まった。搬送波も切れた……」

「安田が落ちるなんて……っ」

「こうなったら取り決めどおり、ウチからやりましょう！」

「よし、委員長に連絡！　放送の準備だ」

部屋をあたふたと出入りする者、結線を急ぐ者、送信機の出力を上げる者。そしてゆっくりと入ってくる大柄な男。東京都立飯田橋高等学校中央執行委員会委員長はつぶやく。

「本当に落ちたのか、安田が……」

「はい、５分前に放送途絶しました」

「……えぇい南無三」

明らかに大きさの足りない学習椅子に、背を丸めて座り、マイクを口元に寄せる委員長。

廊下から駆け込んでくる伝令。

「屋上監視所より報告！　九段下交差点方面より機動隊進攻中！　中隊規模！　前衛、圧倒されつつあり！」

「来たか……靖国側の哨所《しょうしょ》を引っ込めろ！　正門側のバリケードで迎撃するぞ！」

「了解っ！」

「……しかし、なぜこの時期《タイミング》に」

「ここが予備の放送拠点と知ってのことか……」

「ちっ、内通かっ！」

「わずかな間だけでもいい！　放送、始めましょう！　委員長!!」

「……よし」

委員長がマイクに向かってしゃべりだす。背後では刻一刻と絶望的な状況が伝えられる。

「正門バリケード突破されました！」

「裏門からも侵入！　別動隊と思われる！」

「現在正面階段で抵抗中！　もってあと5分！」

「屋上にとりつかれた！　監視所の伝令、帰ってこない！」

「中執本部！　制圧された模様！」

「……くっ！　これまでか」

「本部が……！」

「……待て。ならばなぜこの部屋に突入してこない？」

「……奴ら、ここから放送してることを知らないのか？」

「なら、まだやりようはある！」

放送室の防音扉は重量50キロの鋼鉄製。ベニヤで目張りした二重窓と合わせ、籠城には申し分のない環境だ。4階建ての校舎の掃討をすすめる機動隊員は、校舎北側のこの小さな要塞の存在にまだ気づいていない様子。

数刻後、突如部屋の灯りが落ちる。

「電気室、やられたか！」

「……大丈夫。すぐに自家発に切り替わります」

それまで部屋の隅に座し、沈黙を保っていた女学生が口を開く。暗闇の中、声が続く。

「でも、復帰するのはこの部屋と非常灯だけ。先輩方は今のうちに退去してください」

「しかし……」

女学生の言ったとおり、遠くに轟然たるディーゼルの運転音が響き、足元に細かい振動が伝わってくる。関東大震災を機に建設された本校舎の、その規格外の設備のひとつが目を覚ましたのだ。非常灯がつき、放送室の中にぼんやりとした色調が満ちる。

「私のことでしたらおかまいなく。仕事ですから」

沈黙する一同をよそに、部屋の隅でくるりくるりと回っていたテープレコーダー（蓄電池駆動中）を止め、女学生はごそごそと何かを始める。

「さきほどの演説、録音しておきました。エンドレスで流れるようにしておきます。自家発の重油は6時間程度でなくなりますから、長くてもそれまでですけれど、よろしいですか？」

もはやうなずくしかない男子たち。

「それと、放送部部長としてひと言云わせていただきますけれど……」

上林《かんばやし》節子《せつこ》は大きく息を吸い込み、続ける。

「先輩たち明日っからどうする気ですか！　こんなに逮捕者まで出して！　学生運動もいいですけど、普通の高校生活送りたい人だっているんです！　正直迷惑なんです！　今度からよそでやってもらえます⁉　それから、踏み込まれた場合のこの部屋の修理費、来年度の予算でいただきますから、ちゃんと会計委員会に話《ハナシ》通しておいてくださいよっ‼」

そう言い放つと上林は放送卓につき、手慣れた様子でスイッチを押し、音量ダイアルをぐいっと回す。

「19時30分になりました。下校の時刻です。校舎内に残っている学生ならびに機動隊員のみなさまはすみやかに下校してください。っていうかいい加減にしなさいよね、あんたたち‼　……これで本日の業務を終了いたします。こちらは飯田橋高校放送部。I.B.C.」

呆気にとられる一同。校内で争っていた機動隊員と学生も、天井のスピーカーにいきなり叱り飛ばされ、しばし動きを止める。上林に引っ立てられるように放送室をあとにする中執の男子たち。〝おつかれさまでしたぁ～〟と笑顔を振りまきながら階段を歩いて行く美しい女学生に、誰一人声をかける者はいなかった。

あぁあああ、なんかすっごい変な夢見た。朝、目が覚めていきなりそう思った。しかも夢の内容を1ミリも覚えていない。なんか損した気分。とりあえず洗面所で顔を洗おうとすると、手がきれいになってる。あぁ、よかった〜、でもいったいなんだったんだろ……。

＊

昼休み。いつものように放送室に行くと、だっち先輩が珈琲を淹れている。

「おはようございます」

「おはよう。あぁ中島、バルコニーの件わかったよ」

「へ？」

「……バルコニーだよ。なんでこの部屋にだけあるかって気にしてたじゃないか」

呆れ顔で先輩が続ける。

「学生運動の時代にさ、機動隊員が窓蹴破れなくて困ったんだって。だから校舎建て替える時にここだけバルコニー作ったらしいって、先生言ってた」

「……学生運動ってなんですか？」

「さぁ、よくは知らないけど、昔はいろいろあったみたいだよ。火炎瓶投げたり、棒振り回したりとか……」

「へぇ～、なんか物騒ですね」

とりあえずあたしは背伸びする。ちょっとすっきりしたかな。さ、今日もがんばろー！

☆

よく勘違いされて困ってるんだけど、俺は日サロなんか行ってない。そんなもの行く暇もない。休みの日はだいたい現場だ。茶髪にピアスだって好きでやってるわけじゃない。島の親父に「東京はこえーぞー」ってずーっと囁かれ続けたから、高校デビューで始めただけだ。貨物船で届いた先週発売のファッション誌見ながら、スクランブル交差点とかまじやべぇって怯えていたわけだよ、俺は。中学の奴らもたいがいにしろってんだよ。形見に第2ボタン寄越せとか言いやがって、結局学ランのボタン全滅だよ！　定期船乗った時はたしかにウルッと来たけどよ。2年の櫻井《さくらい》だっけ？　あいつがさらっさらのロングくしゃくしゃにしながら船追っかけてきたけどさ。去年だっけ？　あいつ九段下で100％ギャル化して倭洋の制服着ててさ。正直逃げたよ俺。東京マジこえーよ。ホント。先週もさ、中島連れてフェスの現場行ったんだよ。すっげぇすっげぇ言いながらステージ脇の足場ひょいひょい登って、いっちょ前にフォローとかできるんだよ。あいつ才能あるよ、マジで。で、次の月曜さ、廊下ですれ違った神崎がマジ切れてんだよ。中島が黒いんだけどアンタ何したの!!　って。ただの日焼けだよ。わかるだろそういうの。っていうかわかれよ！

神崎!!

＊

7時、羽田空港第2ターミナルビル1番時計台集合。期末テストと終業式（いつもの式典用の基本照明を仕込んで、先生用のマイク2本準備して、体放でさぼるだけの簡単なお仕事）を終え、放送室のドアに〝ちょっと旅に出ます。探さないでください〟って達筆を貼り付けてきたあたしたちは、これから合宿というやつに出かける。

放送委員会の合宿っていったいどんなコトするんだろう？　神崎先輩は〝いつもとたいして変わんないわよ〟なんて言ってたけど……。

「おはよー！　ってなんで中島制服なの⁇　髪の毛もぼさぼさ……。女の子なんだからもうちょっとなんとかしなさいよ……」

この間、加瀬先輩に連れていかれたフェスの現場ですっかりいい色になった腕を、夏服のブラウスの袖からのぞかせているあたし。神崎先輩はめずらしい生き物でも観察するように眺めている。だって3日分の服とか考えるの面倒くさいんだもん。朝も寝すぎたからこの有様なのさ……。

「おはよー……」

あ、だっち先輩だ。って先輩も制服ぢゃん！　しかも上は適当英語ロゴ白T（たぶん3枚980円くらいのやつ）。髪の毛もいつもどおりぼさぼさ。ヒマラヤとか余裕で縦走できそうなおっきなバックパックから、いつものヘッドホンが生えている。

「アンタたち、なんなのよ……」

呆れる神崎先輩は、ちょっと大人っぽい夏コーデ。意外と（失礼ねっ！）スタイルいい上にナチュラルメイクで爽やかな感じ。正直マブいっす。

「おっはー」

放送委員会《ウチ》の飛び道具登場。テーラードジャケットにVネックのカットソー。ユーズドのチノパンにサンダルといったカジュアル系でまとめてみましたって感じの加瀬先輩。夏を先取りしちゃった感じの色の肌を、シルバーアクセが当たり前のように取り巻いて、すでに高くなった朝の陽《ひかり》をギラギラと跳ね返している。

「おはようございます……」
殿《しんがり》は最近モブキャラ感の否めない白山だ。入学式の時の輝きはどこにおわすといった感じの彼女は、それでもスイートカジュアルな雰囲気でまとめていて、雪子って名前に恥じぬ女子っぷりを発揮している。眼鏡もいつもの黒縁ではなく、セルフレームの赤いのに変えていて、心得てらっしゃる感じ。っていうか、あんたやればできる子じゃん。

ってことで、全体的にあまりにまとまりのない五人が、すでに混み始めた羽田のターミナルを歩いていく。あ、そうそう、とか言ってチケットを配る神崎先輩。行き先は八丈島空港。55番ゲート7時30分発　ＮＨ１８９１便だそうで……。ところで、このチケット代とかってどうなってるんだろう?

「あぁ、それなら大丈夫。全部向こう持ちだからノープロブレム」
ってなんのこっちゃ……。

手荷物カウンターでだっち先輩がバックパックを見せて〝これ精密機器入ってるから持ち込みしたいんですけど……〟なんてグランドスタッフを困らせているけれど、とりあえず知らない人のフリをしてスーツケースを預けて身軽になったあたしたち。ほどなく搭乗案内。無事にタキシング。機長さんからご挨拶。〝……え～、通勤時間帯に伴い、誘導路ならびに滑走路混雑により、到着時刻に若干の遅延が……〃まぁ考えたら世間サマは絶賛お仕事中。、早朝から離島へ繰り出そうなどという不埒な飛行機はあと回しなわけです。

20分ばかり空港の中をうろうろするA‐320。やーっと離陸の順番が回ってきて、テイクオフ。

そういえば飛行機に乗るの、久しぶりだわ。子供の頃、熱を出すと保育園行けずに乗せてもらった記憶が甦る。あの頃はそれが普通だと思ってたものね……。

飛んで30分もしないうちに着陸態勢。どすこいって感じで降りたら逆噴射&急ブレーキ。八丈島空港は近くて狭いらしい。ボーディングブリッジに出ると海と草いきれの香りが湿気とともにまとわりつく。ここは東京都亜熱帯区八丈島（by八丈島観光振興実行委員会）だそうで……。


「今回のスポンサーはその委員会よ」

神崎先輩が教えてくれる。

「あとは先輩のお父様ね」

先輩の視線の先、到着ロビーの人だかりの中に、いかにも島の漁師って風情のおじさんが立ってる。

「とうちゃん！」

加瀬先輩が手を振る。

「お、俊之！……お前、また一段と色気づきやがって、まったく」

「おひさしぶりです～」

神崎先輩が挨拶する。妙に照れ始める〝とうちゃん〟。

「二人は初めてだったね、これオレのとうちゃん」

「白山です」

「中島です」

「よく来たなぁ。姉ちゃんたち。おめぇ、また女の子連れて帰ってきて。どうなってるんだ東京は⁉」

「……みんな仕事仲間だよ」

「いうてもよ、こっちの姉ちゃんなんか学生さんじゃないんかね？」

……みんな高校生ですが何か。

雅之《まさゆき》さん（57）の運転する軽ワンボックスに定員無視（マジで狭いんですけど……）で乗車して都道216号を北西に進むと、道路標識に底土港の標記。その先の小道を2～3回曲がると『加瀬荘』のひなびた看板が見えてくる。

「いらっしゃーい。あ～れ、今年はまた女の子増えて、まぁ、まったくこん子は東京で何しとるんかね？」

ひと目で加瀬先輩の母親と判別できる方が出迎えてくださる。ひとしきり挨拶。リアゲートから荷物と一緒くたになっただっち先輩が転がり出てくる。

「あ～れ、イケメンさんが台なしじゃね……」

八丈島はイケメンの閾値《しきい》が低いのだろうか？

「さっそくでわりいけど、荷物まとめたらまたここに集まってくれ。30分後くらいで、じゃ」

加瀬先輩はそう言い残すと、木造2階建ての中へ入ってゆく。敏子《としこ》さん（45）がお部屋に案内してくださる。二階、松の間は太平洋が一望できる畳の部屋だ。女子三人で荷物をごそごそする。おもむろに作業着に着替えだす神崎先輩。黒Tにデニム。〝あーやっぱりそういうことだと思ってました……〟なんてつぶやきながら、スーツケースから作業着を引っ張りだす白山とあたし。

「明日、すぐそこの海水浴場のステージでイベントやるんだけど、そこの照明と音響が今回の仕事よ」

てきぱきとメイクを落としながら、神崎先輩が説明してくれる。

「役場の人が業者の手配忘れちゃって、観光客向けに告知まで出しちゃってるから中止ってわけにもいかなくて、で、加瀬先輩のお父様が、〝ウチの息子は東京でそういう会社に勤めてる〟って寄り合いで自慢しちゃったのが去年の春。で、今年も引き続きってなったわけ。オリンピックとか豊洲とかで使いすぎちゃって、ここの支庁に下りるはずだった予算が……っていうウラの事情もあるみたいよ」

「へぇ、いろいろ大変なんですね〜」

「そうね、まぁ一番大変なのは早瀬じゃないかしら……」

「へ？　どうしてです？」

「照明は夜暗くなってからお仕事だけど、音響は朝からずーっとだからね……」

うわ〜。他人事とはいえ、先輩ちょっとかわいそう。


その日は日没まで仕込み。機材はレンタル業者さんが2トントラックで持ってきてくれたので、すでに組んである仮設ステージに仕込むだけの簡単なお仕事。っていうか機材の手配までしといて業者の発注しなかっただなんて、どんだけ有能なんだろう役場の人……。発電機の油代がもったいないとかで、照明と音響の仕込みが終わったら本日の作業終了。

宿へ帰ると、敏子さんの島料理がズラーッと並んでる。すでに晩酌を始めていたお父様が赤ら顔でおじゃりやれ〜！　って迎えてくれる。そのまま晩酌のお相手に引きずり込まれた加瀬先輩とだっち先輩を放置して、とりあえずはお風呂！

なんだかいろいろと抱えている二人が、あたしのほうを見てくる。

「中島、それだけなの？」

着替えとタオルとシャンプー（試供品の小分けのヤツ）と石鹸入れを抱えたあたし。え？　これ以上何かいるの？

「……ほんとに女子力低いのね」

呆れ顔の神崎先輩。白山まであたしのことを憐れむような目つきで、

「一応女子なんでしょ……」

って。

別にこれで困ったこと、ないんだけどなぁ。うーん、そういえば中学の修学旅行の時にもおんなじこと言われたような気がするかもね。

お風呂からあがると、ご飯タイム。すでに酔いの回ったお父様とその勢いに巻き込まれた男子二人は、部屋着のあたし達を見て、急に声が小さくなっちゃった。敏子さんが〝なんだか家族が増えたみてぇで、おもしれえねぇ〟とご飯をよそってくれる。

「……で、本命はどの娘なんだ？　え？」

「そういうアレじゃねえよ、おやじ！」

「じゃあ、どういうことなんだぁ？　お前？　こんな綺麗どころ揃えやがって、隅におけねぇつうかさすが俺の倅だぁな」

「おやじちょっと黙れよ……」

……あの、本人たちの目の前で密談とかしないでいただけますでしょうか？　会話の内容が小学生レベルなのも気になるし、って、だっち先輩もう寝てるとか！


「先輩はどうして放送委員会入ったんですか？」

白山がネリ（島で取れたオクラ。スゴく大きいの）のお浸しを食べながら聞く。あぁそれ、あたしも気になってた。

「わたしね、これでも一応目指してるのよ、民放の局アナ」

「へー！　すごくないですか!?」

「なれたら、の話だけどね……」

先輩の美貌と美声だったら余裕な気がする。そうかしら？　そうならいいけど、と先輩は続ける。

「あとは大学次第よね。やっぱりダントツで慶應卒が多いから……」

慶應かぁ……。そういえば、あたし大学のこととか何も考えてなかった。っていうかもしかしてそれ以前の問題な気がふつふつと……。

「中島は……今はそれでいいかもしれないし、そんな中島がいいって思うヒトが現れるかもしれないけれど、まずは女としてこの世の中渡っていかなきゃ、って、わたしは思うな」

神崎先輩に諭されて思い出す。たしかに、耳にタコその他が複数個できるほど言い聞かされてきました、あたし……。

「そういう雪ちゃんは？　どうして放送に入ったの？」

今度は先輩が白山に尋ねている。それだったらあたし、前に聞いた。白山は放送委員会を文字どおりマスコミ機関だと思っていて、政権をとるためにまずはここを押さえなきゃって、民政党もびっくりな思考回路が発動したとかなんとか……。なんの魚かよくわからないお刺身をカラシ（！）でいただきながら思い出してた。

「わたしですか？　わたし……実はすっごい勘違いしてたんです」

「勘違い？」

「高校入ったら、勉強して、バイトして、そんな感じで適当に過ごすんだろうなぁ、って」

「それのどこが勘違いなの？」

「先輩たち見てて思ったんです。高校ってただ勉強するだけの場所じゃなかったんだって。世の中にはもっともっと面白いことがいーっぱいあるんだって。だから、先輩たちにはすっごい感謝してるんですっ！」

どうした白山。お酒でも入ったのか？　などと思うあたし。だけど、言っていることは理解できる。つい半年前まで、あたしたちはそれぞれ中学校に通っていた。だいたいにおいて子供の頃からの連続性のある社会の中で暮らしてきた。どんなに背伸びしたって、たかが知れている。地元から離れて、今まで見たことも聞いたこともない出来事に直接触れて、白山は変わったんだと思う。

あたしにしたって、耳年増で人とちょっとばかし違う生活を送っているからって、世の中見切ったくらいに思っていたけれど、まだまだだって思い知らされる毎日だ。

敏子さんがしょうもない男たちに薄手のタオルケットをかけている。あたしたちは広い台所で食器を洗って、部屋に戻った。誰かと同じ部屋で寝るなんて、1年ぶり。浜に打ちつける太平洋の波の音を聞きながら、久しぶりのばたんきゅー。

翌朝、まぶたに暖かいものを感じて目を覚ますと、水平線に顔を出したばかりの太陽が、ジリジリと網膜を攻めてくる。わぉ。1階に下りていくと、加瀬先輩とだっち先輩が昨日と同じ格好で横たわっている。同じタオルケットを仲よく分け合って。ちょっと可愛いって言ったら変だろうか?

雅之さんはもうとっくに漁に出たあとだった。台所で敏子さんのお手伝い。手際いいわねえと褒められる。まぁ慣れてますから。神崎先輩と白山が起きてくる。

「はいは〜い。貴重な女子高生の寝起き姿ですよ〜」

神崎先輩がポン引きよろしく手をたたくも、相変わらず安らかに眠る男の子たち。

「もー、現役JKの目覚ましキーック！」

とか言って、結構おもいっきり蹴っ飛ばしてるし……。

〝あぁああ効くわ〜、もう1回……〟とか言っている加瀬先輩。だっち先輩は〝ココハ誰？オレハどこ？〟状態。


朝ごはんをいただいて、だっち先輩（なんか、しじみ汁をひたすらすすってた……）はそうそうに出勤。9時から開会式と町長さんのご挨拶。10時から婦人会の日本舞踊。11時から町会対抗のど自慢大会……などなど、すでにステージはフル稼働。あたしたちも8時30分にはシステム電源入れて朝のチェック。ベースのライトをフルでつけたら、あとは夕方までフリータイム。

加瀬先輩が作業着を脱ぎ捨てると、その下はサーフパンツだ。神崎先輩も同じことして、地元のおじさんたちの視線を釘付けにしている。ちょっと大胆すぎやしませんか、そのオフショルビキニ……。白山はドットのワンピ。やっぱり心得てやがるコイツ。で、そういうあたしはスク水だっ！

「中島のそれって、ある意味犯罪よね……」

なんて神崎先輩が言ってるけど、水着買いに行く暇と気がなかったから仕方がないんですごめんなさい。


まぁ、何はともあれ、あたしたちは高校生で、夏休みで、目の前には太平洋だ。泳がないほうがどうかしている。だっち先輩にはちょっと悪いけど……、あ、先輩、ライトの電球が切れたりしたら呼んでね～。


「あいよ～……(泣)」

こっちも見ずにヨロヨロと手を上げる先輩。頑張れ、超頑張れ。


波打ち際でアキレス腱だかなんだかを伸ばして準備体操してると、ダイビングショップのほうから若い子がやって来る。

「としゆきせんぱいじゃないですかぁ！　お久しぶりで～す!!」

誰だろう？　っていうかすっごいギャル。しかもスタイル半端なくいい……。

「おぉ、久しぶり～、って誰だっけ？」

加瀬先輩が実に適当なことを言う。

「櫻井ですよぉ！　富士中の！　先輩ったら相変わらずおっ茶目さーん!!」

などとのたまい、先輩にまとわりついている。

「ところで〜、このガキとＢＢＡはなんですかぁ？　なんかキモっ」

海を見ながら屈伸していた神崎先輩の動きが止まる。振り向く先輩の目は今まで見たこともない鋭さで、闖入者《ちんにゅうしゃ》を射抜くが、ホームの強みか一向に引こうとしない櫻井某。

「先輩ったら、東京行ったっきり全然連絡してくれないんですもん！　お手紙送ったのに全然お返事くれないしぃ……、だからぁ、わたし先輩の隣の高校入ったんですよー！」

一方的にしゃべり続ける某。曰く飯田橋高校に見事不合格ののち、直線距離にして１００メートル東側の倭洋女子中学・高等学校に編入。放課後は飯田橋高校周辺をうろついていたというのだから、これはもう立派に勤勉で健気なストーカーの類である。

「あ、加瀬だ！　お前生きてたんだぁ！　うわー超ホストみたいじゃね？　さすが中卒で働いてる奴はちげえよなぁ……」

なんかめんどくさそうなのがもう一人増えた。加瀬先輩を劣化コピペしたあとに、垢を三層くらい塗りたくったようなイモメン。

「あぁ〜ヤマザキだったたっけ……？」

「ザキヤマだよっ！　てめぇ折りたたみ傘返せよな！　中学ん時の！」

……小せえ男がいたものである。

えーっと、いろいろ情報が錯綜してるみたいだけど、ザキヤマ氏と加瀬先輩は富士中とやらの同期で、そこのギャル櫻井は後輩ってことかしら？〝だいたい合ってる。しかも同じ部活だったんだわ、こいつら。親父と一緒で人の話聞かねえんだよ……〟と答える加瀬先輩はちょっと大人っぽかった。こんなの初めて。

「元はといえば、てめぇが東京行くとか言い出したから話が読めなくなったんだろ⁉」

ザキヤマさんちょっと怒ってます。

「俺も、櫻井も、一緒に八高行こうって話してたじゃねえかよ。それをてめぇ、勝手に東京行くとか抜かしやがってよ。櫻井だってこんなになっちまったしよ。全部てめぇのせいだかんな‼」

脳を中学ん時モードに切り替えて、3年くらい前の記憶をダウンロードしている加瀬先輩。

「あぁ思い出したわ……。崎山。お前さぁ〝純子は俺のヨメだから手ぇ引けよコラ〟ってオレのことボコボコにしてくれたよな。たしか」

「あ」

「でさ、そんなんでも一応何かあった時用にって、下宿先の住所渡しといたよな、早稲田の」

「……え？　蒲田じゃなかったんですか？」

急に勢いをなくす櫻井。でもでもそしたらなんで帰ってこないの⁈　お手紙。

「崎山……。確かお前の兄ちゃん、三根郵便局で働いてたよな……」

数刻後。ストーカー同士で方言飛ばし合ってる二人を置き去りにして、あたしたちは太平洋に浮かんでいた。先輩にも中学生だった頃があったんだ……。当たり前だけどちょっと意外。

「ところで先輩って何部だったの？」

「茶道部」

……そうくるかね。

夕刻。八丈富士に夕日が舞い降りる頃。あたしたちはお仕事をする。上手《かみて》のピンスポットは白山。下手《しもて》は神崎先輩。そして真ん中はあたしだっ！　地元のおじさんバンドが何気にすごいセッションをしているステージ。あたしの隣ではだっち先輩が〝これヤバイやつだ……〟ってニヤニヤしながら幸せそうに音響卓いじってる。反対側では加瀬先輩がちょっとマジな顔で年代物の調光卓の限界に挑戦してる。こんな時間があと何回あるんだろう。あたしたちはいつまで一緒にいられるんだろう。ふとそんなことを考えるあたしの上には、今まで見たこともない星空が広がっていたのだけれど、ステージが眩しすぎて見えない。

＊

八丈島でのドタバタのあと、ようやく夏休み。と思ったけれど、中2日で次の現場。どこの弱小球団だってのよ。海の次は地下らしい。神崎先輩からメッセージがくる。

7/24 09:30 渋谷駅前スクランブル交差点集合 会場：渋谷区渋谷1-20-19 RBJビル B2F BAR DDD 10:00 仕込み13:00 本番 内容：コスプレ研究会ファッションショー 制服着用。よろしく～

相変わらず味気のない業務連絡。っていうかこっちの都合とか考えてくれないのかしら？ まぁどうせ予定とかないんだけどね。だいたいこのコスプレ研究会ってなんなのさ？ この間行った秋葉原の客引きのメイドさんを思い出す。あれと渋谷の組み合わせ？ 想像できないしたくない。しかもなんで制服着用⁇ なんてことを考えながら久しぶりに洗濯とか掃除とかお買い物とかやっていたら、あっという間に夕方が2回来て、7月24日。

渋谷駅前は朝からイケてる風味な人たちでごった返していた。大方、湘南新宿ラインとかで北関東から押し寄せているのだろう人ごみをかきわけながら歩いていくと、高架下の薄暗いところに見慣れた面々を見つけた。なんでこんな天気のいい日に日陰に集まるんだろ？〝職業病だ〟なんて加瀬先輩は言う。なんか広くて明るいトコにいるとお客様から見えてしまっているみたいで落ち着かないのだそう。それにしても先輩たちは大荷物。ここに来る前に松濤のレンタル屋に寄って機材を借りてきたらしい。

だっち先輩は例の登山用バックパックに脚立まで括りつけて仁王立ち。スピーカー載っけたキャリーカートまで引きずってる。

神崎先輩は2尺玉ミラーボールってマジックで大書きされたおっきなダンボール抱えて〝これじゃ前が見えないじゃないのよ……〟なんて困っている。

加瀬先輩はショッピングセンターでしかお目にかかれないようなおっきなカートに照明機材を載せて押しながら〝早く免許とりてぇなぁ……〟なんて愚痴っている。たしかにお天道様の下で大手を振って歩いてよろしい集団じゃないわね。一般市民の方々に多大なるご迷惑をおかけしながら狭い歩道を登っていく。渋谷ってほんと谷。

BAR DDDは宮益坂を上がっていって、青山学院大学の前の小道を左に入った先にある、真っ白いビルの地下2階だ。入り口のドアには、なんだかかっこいいポスターが貼り込んである。〝Sayaka Wakami Collection 201X　Presented by I.C.K.〟まぁ、飯田橋高校コスプレ研究会じゃかっこわるいもんね……。

ドアを開けると煙草とお酒でくたびれた空気にどばっと包まれる。ちょっと懐かしい臭い。神崎先輩が言うには、このお店の昼間の開いてる時間を借りてるってことらしい。打ちっぱなしの天井からぶら下がる排水管やスプリンクラーにバインド線（手で曲げられる柔らかいワイヤー）でミラーボールを吊り込むトコから作業スタート。ひょいひょいっと脚立に登る加瀬先輩。神崎先輩は手慣れた様子で電動ドリルでバインド線撚《よ》ってニッパーで切り刻んで先輩に渡している。仕事をしている時の二人は、ほんといいコンビだと思う。

あたしと白山は照明機材を仕込んでいく。お店の電源容量の関係で小さめのライトが何台か、それから1キロワットのピンスポット2台だけのシンプルな仕込み。だっち先輩はカウンターの片隅に機材を並べて、本日の音楽とMCを担当するクラブ同好会の先輩と打ち合わせをしている。アキバ系とシブヤ系がケーブル繋ぎながらなんだかまじめに話し込んでいる。変な絵。

そうこうしてるうちに、入り口からおっきなダンボール（北海道たまねぎのロゴ入り）を抱えたちっちゃい子が入ってくる。

「おっはよー‼　今日はよろしくね～！」

飯田橋高校コスプレ研究会会長の２年３組、若美《わかみ》さやか先輩だ。後ろから研究会のメンバーがぞろぞろどよーんと入ってくる。みんな揃っておっきなダンボール抱えて真っ赤な目の下に隈つくってるけど大丈夫なの？　神崎先輩が〝また徹夜？〟なんて声をかけると、ハイテンションな〝三徹目‼〟って返事がかえって痛々しい。お店のバックヤードのほうへ吸い込まれていく新世紀女工哀史の行列。

照明の仕込みが終わるとだっち先輩の時間。大音量でワンツーワンツーとか言っている先輩を置いてけぼりにして、隣のコンビニで買ったおにぎりで早めで速めの昼ご飯。10分で終わらせて戻ると、加瀬先輩から進行表が渡される。とりあえず出てくる人にピンスポットあてるだけの簡単なお仕事らしい。

12時半を過ぎると、お店のドアの外には行列ができてる。これってみんなお客さんなんだろうか？　なんか大人ばっかりなんですけど……。ドアが開くと、ぞろぞろと入ってきた。ストライプのスーツのおじさま、超盛っている女の人。高そうなカメラを２～３個ぶら下げているお兄さん。国籍がよくわからない人もいれば、性別がよくわからない人もいる。共通しているのはなんか業界人（ちっちゃい頃、ときどき会ってたのよ、こういうヒトたち）っぽいってことくらい。

13時ジャスト。ショーが始まる。シブヤ系の先輩がMCとDJを器用にこなす。大音量で流れる洋楽のビートに合わせて、加瀬先輩がライトをあおってる。三世代くらい前の調光卓をかちゃかちゃいじって、傍目には遊んでいるようにしか見えないけれど、あれって結構しんどい作業だと思う……。フロアの真ん中のテーブルを片付けてつくったランウェイに、メイクばっちりのコスプレ研究会のメンバーが現れる。さっきまでゾンビの集団みたいだったヒトたちが、真っ赤な目にカラコン入れて、ファッション雑誌から切り抜いたような服着て、ほんとのファッションショーみたいにつかつか闊歩してる。ピンスポットで追いかけながら感心する。意外とガチなショーじゃんこれ。

ショーの最後。普通の制服に〝コスプレ研究会会長　本人〟って書いてあるタスキをかけて登場した若美嬢。スタンディングオベーションがようやく終わると、今度はお店の隅でお客さんに囲まれている。名刺交換したり、写真撮られたり、インタビューされたり。機材をバラシ始めたあたしたちのほうを指差して〝スタッフもみんな現役高校生なんですよ～〟なんて説明している。なんかこっちまでパシャパシャ撮られてるし。っていうか加瀬先輩ライトぶら下げたままでのその妙なポーズ&カメラ目線やめてください！

「先輩、このコスプレ研究会ってなんなんですか?」

ぶっといケーブルを八の字巻きしながら白山が神崎先輩に聞いている。

「見たとおりよ。現役女子高生ブランドってことで、一応マジに売り出すつもりみたい。今回からスポンサーもつくらしいから、結構いい線いくんじゃないかなぁ」

「へぇ、てっきりアニメキャラとか出てくるヤツだと思ってました」

「……ここだけの話、ほんとはそっちが本職なの。ファッションショー《これ》はそのための資金稼ぎなんだって」

「……マジですか」

「ウチの高校、目的のためには手段選ばないヒト、多いからね……」

取材が終わって笑顔でお客さんを送り出す若美先輩。最後のお客さんとハグして、こっちを振り向く。か、顔が半分作れてない……。目も虚ろなんですけど大丈夫⁇

「おつかれ〜さやか氏〜♡」

え? 神崎先輩? なんなんですかそのテンション……。

「ありがと〜みすず氏〜♡」

灯油を一斗缶でぶち込まれたかのようにテンション復旧させる若美先輩。二人でキャッキャウフフな感じ。

……そう言えば先輩たちは、同じ2年3組。これが世に言う〝女クラ〟ノリなのか。寡聞にして知らなかった。〝うーん悪くない〟なんて加瀬先輩、腕組んで賢者タイム（え？使い方間違ってる⁉）してる場合じゃないでしょ！

「あ〜！　ライティングありがと〜‼　チョーイケてた‼　加っ瀬せんっぱ〜い！　ハグっ‼」

そのままのテンションで、加瀬先輩にくっつく若美先輩。HAHAHA……すごい積極的なヒトデスね。加瀬先輩もまんざらでもない表情で〝さやか氏〟のうなじいじってるし、って、あ！

背後から六尺脚立が加速をつけて倒れてくる。そのアルミ天板の角が、寸分違わず加瀬先輩の脳天を捉える。〝ぬぐぅおおおお！〟獣じみた呻きがこだまする。

まるで何事もなかったように次のターゲット（クラブ同好会のぉ蒲田良雄《かまたよしお》氏ぃ♡）ヘダッシュする若美先輩。まるで何事もなかったように脚立を起こす神崎先輩。

「ミラーボール下ろしますよ〜早く登ってください〜」

鬼や、鬼がおるて……。

■

この学校はおかしい。そう真剣に思い始めたのは、4月の半ばあたりでした。没収されたスマホの返還申請に教職員2／3以上の賛同と押印が必要だとかで全研究室たらい回しにされましたし、授業の内容もおよそまともな高等学校のものとは思えませんし、体育で足の届かないプール（水深3メートルです）に放り込まれて泳がされました（死ぬかと思いました）し、ゲーム機の持ち込み禁止だからって工芸部の人たち部室でアーケードゲーム自作（持ち込みじゃないです！　ここで作ったんです！　キリッ）してますし、生物部はお濠の水の微生物でサプリメント（千代田の緑汁、とか命名して税込み1000円のシール貼ってました）作ってひと儲けしようとしてますし、写真部は屋上の天体望遠鏡使って〝昼の霞ヶ関窓際事情♡〟なんて何もかもが逆さまな写真集作って体育科から呼び出しくらって全部数きっちり没収されてますし、体育祭は負傷者多数なのにまるで通常営業な感じですし、挙句の果てにうっかり入った委員会がまるで人手不足の零細企業だったりしてまして、正直わたしのライフはもうゼロです。

　中でも一番異常だと思うのがこの行事。８月頭から４泊５日で行われる遠泳合宿。大正時代から続く由緒正しき伝統行事などと言われましても、平成生まれのわたしたちにとっては、時代錯誤なんて四文字熟語が尻尾を巻いて逃げるレベルです。

だって赤褌ですよ！　そんなもの白黒のカクカクの映像でしか見たことないですよね。それが海辺に並ぶんですよ。ずらーって。男の子のおしりをあんなにたくさん見ることは、今までも、そしてこれから死ぬまでも、ないと思います。

　わたしたち女子も黄色い腰帯をつけさせられて、波荒い北太平洋を３キロも泳がされるんです。地元勝浦の漁船や海保の巡視船が出るから大丈夫、などと言われましても。余計に恐怖が増すばかりだということに、誰も気がつかないのでしょうか？

　で、本当に不思議なんですけれど、感動のあまり涙が出てしまうんです。最初の日はフナムシが足元に寄ってきて悲鳴を上げてしまったり、浜辺の砂があまりに熱かったりで、家に帰りたくて仕方がなかったのですけれど、日の出の太鼓とともに目覚め、とにかく走って移動して、大声で自分の名前を叫び、ひたすら泳いで、日の入りの太鼓とともに帰営するとか、そんな意味不明な生活を送っているうちに、私自身が大正時代になったみたいで、ほんとわけわかんないけど意味なく泣けるのよ、これが。

　こんなド田舎に、スマホ禁止で五日間軟禁とか、ありえねぇって思ってたけど。もう分刻みで自分が変わっていくのがわかって、もうね、とりつくろってらんない。要はあれでしょ。自分の殻とか捨てろってことでしょ！　きちんと自分と向き合えってことでしょ！
じゃあやってやろうじゃないの！
わたしは思った。東京帰ったら、神崎先輩みたいに目標作って、行けるトコまで行こうって。そう思ったら、課金ゲームとかランカーとかスゲエどうでもよくなって草が生えました。

1年5組15番　白山　雪子

？

西崎《にしざき》すみれさま
おつかれさまです。この間の取材のやつ送ります。
（以下本文）

月刊ダバシ　別冊　飯田橋グルメガイド201X
～オーナーインタビューFile#44　喫茶dutch～

……そうだねぇ、もう始めて50年くらいになるかねぇ。あ～、最近は学生さんも減ったよ。近所にチェーン店がいっぱいできたからねぇ。質ならともかく値段じゃかなわないから……。あぁ、飯田橋高校の生徒さん。だったらときどきその奥で、そう、そこのテーブルで遅くまでいろいろやってるよ。あぁ、あとそっちのカウンターんとこは、指定席っていうのかな？　ほぼ毎日おんなじ子が座ってるのよ、こんとこ。そうねぇ、今年入ってからかなぁ……。まぁ、身なりはちょっとアレだけど、あれは化けるタイプだね、うん。飯田橋高校ねぇ……。そうそう、そういえばウチの家内もたしか飯田橋出身なんだよ。せっちゃーん。せっちゃーーん。あ、まだ寝てるか……。ウチの家内ね、エフエム東京に勤めてるんだよ。夜中の番組の、ほら、なんだっけ……でぃれくたー、そうそうそんな横文字の仕事。人気の番組だって自慢してたよ。まぁ聴いたことないけどねぇ……。

……最近の高校生を見てどう思うかって？　そりゃ昔に比べたらずいぶんと垢抜けたよねぇ。格好だってずいぶんと洒落てて、脚なんかもスラーっとしててねぇ。でも一番変わったのは話し方かなぁ。昔は政治ぃとかナントカ主義ぃとかおっきな声でしゃべってて、ちょっと迷惑もしたもんだけど、今の子たちはあれ、なんだっけ？　スマホ？　そうそう、そればっかりいじっててちょっと気味が悪いよねぇ。まぁ静かなのはいいんだけど、ちょっと寂しいよねぇ……。

……景気？　あぁ、ウチはあんまり関係ないのよ。実はね、隣の大使館。そう、インドの。そこに珈琲届けてるから。せっちゃん…いや家内がね、ぷ、ぷろすぺくてぃんぐがどうのって言ってね、話つけてきてくれて……。そうそう、カレーにはコーヒーって……、いまじゃ御用達ってところだねぇ……

（本文ここまで）

以上テープ起こししました。あとよろしく！
それから週末空いてる？　また遊びに行こうぜ。
とりあえずあとで連絡する。じゃ。

橋本　士郎

＊

あの超絶ありえない遠泳合宿（あれってただの軍隊式洗脳イベントよね……）が終わって8月半ば。靖国神社が深緑と蟬と右翼さんならびにその他諸団体でいっぱいになる時節。お盆だし本来なら学校はお休みのハズなんだけど、9月に控える殺人的お祭り騒ぎパート2『文化祭』のおかげで、校内の教室はほぼ満卓。授業をやっている時より多いんじゃない？　ってくらいヒトが来て、体育祭で立てそこねた（あるいはへしおった）フラグのために、お芝居の稽古とか自主制作映画の撮影とかダンスの振りつけとかバンドの練習とか、まぁそういったこと全般に勤しんでいらっしゃる。

放送委員会も、そうした勤勉な皆様の熱いご要望とかリクエストとかオーダーとかにお応えするべく、毎日誰かしら放送室に詰めているわけで、今日はあたしの日直二日目だったりするのです。

「すみませーん。音楽室の電気つかないんですけど……」

あぁ、また軽音がブレーカー飛ばした。

「多目のライト、いつもみたいにカチャカチャなんないんですけど……」

それね、ヒトがやってるの。ヒトがいないと無理なの。

「体育館の照明、ボール当てたらガラス降ってきてマジ危険なんですけど……」

えー！　っていうか当てんなよ、マジで！　弁償しろよコラ！

「そろそろ稽古始めたいんですけどぉ、音響担当の人来ないんですか？」

アナタねそういうことは前もって言いなさいよ、前もって。

「ここところのエイトを2回繰り返して、こっからここまで……」

だっち来るのココとココの日だから！　出直せ、いや出直してください……。

「すみません、映画の録音ってどうやるんですか？」

すみませんけど、知らねえよ！！！


すでに殺人的な気もするけどほっといてランチタイム！　500円玉握り締めて、いつものdutchへGoするあたし。


〝インド旅行のため閉店中。再開は8月20日……〟

……みんな、みんな死ねばいいのに。


仕方がないので九段下のコーヒーショップでサンドイッチのセット。年頃のJKの胃袋を甘く見てるとしか思えない物量に憤慨しつつ帰路についたあたしに、高度１５０から次なる刺客が襲いかかった。

「勘弁してくださぁーい!!」

そりゃ、雲行き怪しかったのわかってたさ。でもねdutch往復するくらいなら余裕っしょって思ったワケよ。脚の速さには自信があったし、ね。で、このザマですわ。いくらあたし女子力ないったって、こんなブラ透けまくりじゃ、おちおち廊下も歩けないワケよ。

ということで、裏門からそそくさと放送室に戻って鍵閉めてカーテン閉めて、奥の部屋（こっち側がスタジオになってるの、今さらだけど）で全部脱いで、風呂あがりのおっさんみたいな格好（見たこともなったこともないけどね）で、ヒートガン（熱収縮に使うドライヤー的なアイテム）でいろいろ乾かしてる13時20分。

〝カチャカチャ……がちゃ！〟

おい待て。なぜ鍵が開く？　しかもこのタイミングで。あたし史上最速のスピードで机の下にかがみ込む。

「おかしいなぁ、なんで鍵かかってんだろ？　しかも電気つけっぱなしだし、デンコに叱られる……って最近見ないよなぁデンコ……」

などと呟きながらだっち先輩が入ってくる。先輩は悪くない、悪くないのはわかってるけど今すぐ出てって欲しいの、わりとマジ。

「……っていうかスタジオで部屋干しとかやめようよ。湿気で機材やられちゃうよ、ブラとか靴下とかマニア向けすぎるラインナップって、え？　誰かいんの？」

スタジオの入り口の扉で立ち止まるだっち先輩。一人だと意外に饒舌なのねこのヒト、などという場違いな感想を胸にしまい込みつつ小声で囁いてみる。

「すいません。そこから中に入ってこないで……おねが」

部屋の躯体がビリビリするような、お腹のそこからかき混ぜられるような、極めて周波数の低い轟音が通り抜ける。わずかに遅れて雷鳴。

暗転。

カーテン越しの二重窓の外から微かに聞こえる雨音。

「中島？　そこにいるの」

「おはようございます……。ちょっとワケありでヤバめな格好してます」

回れ右したっぽい先輩。

「雨、濡れちゃったのか……」

「……そうなんです」

「じゃ、俺一回外出るわ」

「すみません……」

どがっ！　ぼこん!!

「先輩！　大丈夫ですか!?」

「いってえなぁ！　なんだこれ？　っていうか俺今どっち向いてるの？」

「……知らないですよ」

〝これが放送卓でしょ、で、これが機材ラックでしょ……〟などと手探りで歩き始めたらしき先輩。でもだんだん声が近くなってきてる気が……。

がしっと頭を摑まれる。

「……あ、これ中島？」

明転。間。再び暗転。（照明操作：東邦電力麹町変電所主開閉器1番）

死んでください。ほんとに。嫁入り前なのに。彼氏もいないのに。あたしが何したっていうんですか？　電気料金毎月きちんとお支払いしてますよね。大口献金とかしなきゃダメなんですか⁉　などと東電さんに呪いのコトバを並べているあたし。先輩が手探りで探し当ててくれた非常用懐中電灯の明かりを頼りに、生乾きの制服を着てる。今、放送室の扉の外で門番してくれてる先輩の頬についた赤い手形の下手人はあたしだ。ごめんなさい。ほんとごめんなさい。


「お待たせしました……」

扉から顔を出すと、先輩は言う。

「あのさ、ちょっとばかり無防備すぎやしないか？」

「だって、先輩が合鍵持ってるなんて知らないですよ！」

「……あぁ、まぁ勝手に作ったやつだからな」

「そもそも日直でもないのになんで来たんですか？」

「あぁ、今日は部活」

「え？　先輩ほかにも何か部活してるんですか？」

「あれ、言ってなかったけ？　俺、天文部。夜限定だけど」

どんだけ24時間営業なんだこの人……。

〝クシュン！〟

そりゃくしゃみくらい出るさ、あたしだって。

「中島って、クシャミは可愛いのな……」

死ね。今すぐ死ね。

＊

抜けるような夏空のもと、一応、傘を持って登校する日直三日目。こんなに天気がいいのに、今日も一日この部屋で一人ですごす。相変わらずいろんな方々がいろんな厄介事を持ち込んでくるけれど、だいたいあしらい方も心得てきた、そんな昼下がりの14時30分。

「すみません。デモテープってつくれますか？」

「できますよ～。バンドさんですか？」

「ベースとサックスとピアノのトリオなんですけど……」

「明日、音響担当の者が来ますので、伝えておきますね。場所は音楽室ですか？」

「代々木のノウスタジオってトコです。週末の……夜中なんですけど大丈夫ですか？」

あぁ、貸しスタジオ特有の深夜パックってやつね。だっち先輩ならなんとかなるでしょ。先輩24時間営業だし。〝じゃここにお名前書いてください〟……葛西《かさい》智子《ともこ》さん、へ〜、1年生なんだ。なんかすごくイイトコのお嬢様って雰囲気。腰が低くてこっちが恐縮してしまうくらいだ。あたし同学年なのに、ね。

「すいません。ほんと急な話で……」

いいのいいの、働くのあたしじゃないし……。


ってことで週末。熱中症の危険を避けるためという真っ当な理由をつけて、ぐーたらな午前と午後と夕方を重ねたあたしは、相変わらず洗濯物を部屋干ししながら、明日の日曜日のやりすごし方を考えてた。電話が鳴る。この家の固定電話にかけてくる人なんてたいてい保険屋か不動産屋かその係累なんだけど、時間が非常識にすぎる。居留守を使おうにも着信音がやかましくてしようがない。


「……はい」

「あ、中島？　ごめんこんな時間に」

先輩だ。どうしたんだろう？

「中島ってさ、住んでるの新宿だったよね」

そうそう。学習院の裏手で最寄り駅は四ツ谷だ。

「ちょっと代々木まで来れる？」

あ、そういえば、今日葛西さんのデモテープ作る日だった。にしても、なんであたしが行かなきゃなの？

「ちょっと人が足んなくてさ……」

何事だろう？


自転車にのって首都高速４号新宿線の下を辿って行くと、わりとすぐに着く。やたらとたくさんの道が交わる交差点の脇にその雑居ビルはあった。先輩に言われたとおりＢスタジオに入ってみると、葛西さんと先輩ともう一人知らない男の人がいた。


「ほんとごめんな、中島」

なぜかピアノのところに座っている先輩が謝る。いつもの制服で、いつもの適当Ｔシャツ。この人の私服姿をいまだに見たことがないのは気のせいだろうか？

「すみません、こんな時間に」

アルトサックスを抱えた葛西さんも謝る。なぜかこちらも制服。両肩にかかった三つ編みがかわいすぎる。

「……よろしくおなしゃーす」

ウッドベースの後ろからガタイのいいタンクトップの男の人が頭を下げる。年上な雰囲気。大学生くらいかな？　メッシュの入ったベリーショートでちょっと怖い感じ。

ピアノから離れてスタジオの音響卓のトコまで来た先輩が手招き。

「なんかさ、ピアノの人が来れなくなっちゃったんだって。で、俺が代わりに弾くんだけど、録音レベルとか見れる人がいないんだよ。わりいけどここのメーター見ててくんねぇ？　あと録音ボタンここだから、クリックお願い、な」

えっ？　先輩ってピアノ弾けるの⁉

「まぁ自己流で適当だけどな」

おもむろにピアノから始まる演奏。ベースが重なってきて、サックスが……無双してる。ちょっと……、これスゴくない⁉　メーターを見るというお仕事も忘れて、三人の演奏に見とれているあたし。先輩がピアノ弾いてるのもすごいけど、葛西さんスゲー、マジ半端ねーわコレ。

「……こんな感じでどうですか？」

先輩がタンクトップに聞いてる。

「うーん悪くないんだけど、後半ちょーっと走りすぎかな」

「わかりました～」

「ほんとすいません、早瀬先輩……」

「いいのいいの、楽しいし」


ほんとに楽しそうな先輩。こうしてみると先輩の手って指長くて意外と繊細な感じなのね。気がつかなかった今まで。その先輩の指が録音してたノートパソコン（このあいだ退院してきたの、この子）をカチャカチャいじってる。ベースの音質をちょっと直して、ピアノのレベルをちょっと変えて、テイク２。うーん。やっぱりスゲーわ。葛西さん。


そんな感じで26時30分。

「とりあえずラフミックスはこんなか入ってるから……、あとはまた来週でもいいかなぁ」

葛西さんにＵＳＢメモリを渡しながら、あくび混じりに先輩が言う。

「ほんとに、ありがとうございました！」

タンクトップが先輩の手をがしっと握る。

「ありがとな！　また今度よろしくっ！」

意外と若い声。ベース背負って葛西さんの肩に手を回して、夜の代々木に消えていく。

「あれって、絵的にマズくないですか……」

「まぁ、いいんじゃない、同棲してるって言ってたし……」

え〜〜〜っ！　それって余計マズくない？

貸しスタジオの深夜帯を借りると並びのそば屋のタダ券がもらえるらしい。先輩が〝今日のギャラはこれだ〟ってくれた小さな紙片。お腹も空いたから一緒に夜食タイム。〝ざるそば、ネギ抜きでお願いしま〜す〟〝はいよ〜〟が２セット。啜りながら先輩に聞く。

「先輩、ピアノ弾けるんですね」

「うーん、弾けるウチに入るかわかんねえけどな〜」

「えー？　でもさっきちゃんと弾いてたじゃないですか」

「まぁなぁ、でもアレだろ、キャラに合ってないとか思ってんだろ？」

「そ、そんなこと思ってませんて」

たしかに。こんなアキバ系な男子があんな華麗にピアノ弾けるなんて、キャラクターデザインとか配役とかパラメーター割り振りとか間違えてんじゃないのいろいろと。

「もうこんな時間か……。中島、そういやお前、こんな時間まで出歩いてて大丈夫なの？」

アンタが呼び出したんだろ、アンタが。

「大丈夫です。あたしフリーですから。いろいろと」

「さようでございますか……」

自転車で来ていた先輩が家まで一緒に来てくれるという。まぁ酔っぱらいとか絡まれたらヤダし、人通りも少ないから、お願いします。……っていうか、先輩こそこんな時間まで大丈夫なの？

「まぁ気にする人もいないし、明日、日曜だし、いいんじゃない？」

そういうものなんだろうか？　男の子って。

あたしのママチャリと先輩の謎チャリ（骨組みぶっとくてタイヤ細いへんな奴）を連ねて、若葉三丁目のあたしん家に着く。生まれた頃から住んでるらしいちょっと古びた6階建て。崖にくっつくように建っていて見晴らしはいいけれど、エレベーターは5階までで、ゴミ捨て場が屋上にあるという謎仕様。そんなマンションの前であたしたちは別れる。

「ありがとうございました。おやすみなさい」

「こっちこそ、ありがとうな。おやすみ」

部屋に入ってからふと気づく。全裸見られたうえに自宅把握って、何この怖すぎるフラグ。ま、いっか。

？

——ご家族の構成は？

独身です。一人暮らしをしています。

——ご職業は？

都立高校の教師をしています。

——勤続年数はどの程度ですか？

新任で富ヶ谷工業高校に配属されまして5年、今の高校に転属になって4ヶ月ですから、5年と4ヶ月です。

――どのような時に不安を感じますか？

ホームルームの時……ですね。

――具体的にお話しいただくことはできますか？

……まずですね。彼女たちの格好がですね。非常に、なんて言いますか……。一応制服のある高校なんですけれど、クラスの半分以上が裸足で部屋着なんです……。

――きちんと指導できていないという思いがおありですか？

どちらかというとですね、今まで勤務していた高校が、ほぼ男子校のようなものだったので、多少の自信はあったわけです、自分なりに……。ただ、今受け持っているクラスが、女子ばかりのクラスでして、まず視線のやり場に非常に困っている次第です、はい。

――女性との関わり方の問題とお考えですか？

私、ですね。中学・高校と男子校だったんですよ。大学はゼミやサークルに女性もいましたけれど、数学で教職とりますとなかなか時間がとれませんで、おまけに実習先が富ヶ谷でして……。女性との関わり方という点では、先生のおっしゃるとおり、蓄積がない状態ですね。

――女性とうまくコミュニケーションがとれないということですか？

いや、それほどのことでもないと思うんです。実際私、部活の顧問もやらせていただいてましして、そこには男子生徒も女子生徒もおりましてね、彼らとは普通に会話できているので、問題ないと思うんです。――そういえばですね、最近その部活の所属生徒の身上書を見てましてね、彼らの身の上がなんらかの形で欠損家庭である割合が統計学的に見ても無視できないレベルでして、このことを演繹法で解釈すると……

――話をもとに戻させていただけますか？

はい。

――一番つらいと感じる時はどんなときですか？

……教室の掃除をしている時です……。

――……どうしてそのようなことになったのですか？

共学校に配属になったからには、今までのようにガサツな男子たちの横っ面はたいて並ばせるといった手法が通用しないだろうとは思っていました。彼女たちは高校生ではあるのですが、同時に女性でもあるはずです。思春期を迎え、いろいろな悩みを抱えている彼女たちに、常に寄り添う存在でありたい。そう思って赴任したわけです。ところが彼女らにはそのような気配が微塵も感じられない……。今時のスカート丈で登校したかと思えば、そのまま廊下で部屋着に着替えて、メイクを直し始めるんです。体育の授業のあとなどは正直近寄るのも憚られる状態でして……。そうした状態でも担任として終礼くらいはきちんとこなさなければ、と思うのですが、そんな女子更衣室そのままの教室に入って二言三言コトバを発したところで、まるで黒板が何かしゃべってるかのような反応しか返ってきません。そんな彼女たちに毎日一回15分でいいから掃除をしませんかって……どの面《ツラ》下げて頼めばいいって言うんですか!!

――質問を変えましょう。

はい。

——一番、心のやすらぎを感じる時はどんなときですか？

……乱数表を眺めている時です。

——どうして乱数表なのですか？

……素数を数えるのに、飽きてしまったからです。

対象者：林田康平
職　業：都立高校教諭
年　齢：28
診　断：理想と現実のギャップに困惑している傾向があるものの、総合的に見て鬱状態とは認められず。

※要経過観察

たくさんの日章旗を並べる街宣車も、滝のような汗を流しながら立哨する機動隊員も、自分の言いたいことを言いたいように騒ぎ立てる大人たちも、頭がイタくなって逡巡してる時のかき氷みたいにいなくなり、境内のアブラゼミがヒグラシに代わる時間が日に日に早くなっていく時節。

＊

あたしたちは走り回っていた。

一学年6クラス。全校で18クラス。模擬店みたいな可愛気のある出し物をしてくださる奇特なクラスはほぼ皆無。お芝居、ミュージカル、ダンスパフォーマンスにディナーショー（……何よそれ）。最低でもスポットライト2台が必須なイベントが校内各所で繰り広げられ、ホットプレートでクレープ焼きたいの、なんて言った日には、てめぇに喰わす電源はねぇって山岳部のガソリンストーブが飛んでくる。

教室ごとの照明・音響機材の借用願いのとりまとめ、電源使用量ならびに使用時間の把握と割り振り、各イベントで乱れ飛ぶトランシーバーやワイヤレスマイクの周波数割り当てがひと段落したら、今度は運動部さんの親善試合。

校庭や柔道場や剣道場では、都内や国内や海外のさまざまな高校から同好の士が三々五々集まって蹴り合ったり倒し合ったり叩き合ったりするので、それぞれの会場にマイクとスピーカーを設置してあとはセルフサービス。

水泳部恒例のシンクロショー『赤褌と黄帯の宴』なんて地下温水プールの明かり採りの窓全部塞いで照明仕込まなきゃだし、だっち先輩お手製の水中スピーカーいっぱい放り込んで、水の中でも音楽が聞こえるようにしなきゃなんない。

5階の理系研究室横丁では怪しさ満点の化学部物理部合同実験コーナー『隣《キタ》ではできない核融合あり⧄』と、ロマンとモノローグあふれる天文部ミニプラネタリウム『彗星が落ちる日』が覇を競い合い、工芸部のアーケードゲーム『実寸大ロケーションモンスターリアルジム（位置○装で世界のレアモンスターＧｅｔだぜ！）』の巨大筐体が消費電力30アンペアの唸りを上げている。

どいつもこいつも電気バカ喰いしてくださるから、同じフロアにある音楽室バンドの皆様には分電盤から仮設電源（オレできる男だけど無免許だぜ　by加瀬先輩）ひいてあげなきゃならない。で、この音楽室には学校中から〝高校生でバンドやってるオレTUEEEE〟的な方や〝軽音女子だったらなんとかなるはず〟的な方々が大挙して押し寄せて分刻みのライブを繰り広げるから、それなりに照明機材仕込んでそれっぽくしてあげなきゃならない。

そもそもこうした事態に歯止めをかけてくれそうな体育科研究室がバンド組んで参戦してくるし、国語科研究室・茶華道部共同開催の『第35回　茶室で格闘かるた選手権』とか、英語科研究室の英語劇『正しい悪態の付き方～成金オヤジとメール熟女のトークバトル編～（日本語字幕付き）』とか、数学科研究室の『ポアンカレ予想を使って来場者数を証明しなさい201X（正解者には3年分の単位進呈）』とか、先生方こそ自重してくださいなレベル。

と、ここまではあくまで前座。演劇部や吹奏楽部に軽音楽部、ダンス同好会に日舞同好会、落語研に歌舞伎研といった実演系の団体の公演や演奏やパフォーマンスが、3階体育館と4階多目的ホールで2時間ごとに行われるから、それぞれの照明・音響の仕込みと本番とバラシに勤しむのがあたしたちの本業。ね、たった4行で済む簡単なお仕事でしょ♡

始業式（基本照明を仕込んで、先生用のマイク2本準備して、体放で内職するだけの簡単なお仕事）が終わると、上記一式の準備が怒濤のごとく押し寄せてくる。9月16・17日の文化祭まで、約2週間制限なしの一本勝負。

地元千代田の公民館のライフをゼロにして、近隣の貸し会議スペースまで侵食し始めた各団体から、公演の台本がPDFで、パフォーマンスの稽古が動画で、バンドのデモ音源がファイルで上がってくるから、それをもとに照明プランの検討とレンタル業者への機材発注。呼び出しなんかの通常業務も当社比3・5倍で、内線電話は輻輳《ふくそう》状態。

これ誤発注だよね！　桁とか間違えたんだよね！　って思わず祈るぐらいに大量の編集依頼が積み上がり、独り言すら出なくなっただっち先輩の珈琲は、翌日にはインスタント、そのまた翌日には白湯に商品替え。

いつもは優雅な空気の漂う3階生徒会室も、式実の皆様が実質占拠の状態で、校内の案内板やサイネージの制作・設営、正門やロビーの巨大装飾建立、全てのイベントを網羅する完全版パンフレット（出版委員会共同発行　見開きA3フルカラー50ページ）制作、校内備品の管理と運用（長机とか椅子とかの員数を調べて参加団体に割り振るだけの地味だけど大事な仕事）、政治力と裏工作が飛び交う予算管理でいっぱいいっぱい。

校舎北側の日の当たらない部屋の住人は獅子奮迅。衛生委員会隷下の突撃給食班、通称〝あぱむ屋〟謹製の戦闘配食A型（ゆかりご飯おにぎりと梅の香ご飯おにぎりのセット↓地味に至高の逸品！）でかろうじて生き永らえてる有様なのです。

え？　授業？　それって睡眠時間でしょ。ほら、先生も教壇につっぷしてるし……。

＊

「林田くんねぇ、担任なんてマジメにやろうとするからおかしくなっちゃうのよ、適当でいいのよ適当で、わたしなんかね……」

なんて説教をしている坂野先生に軽く頭を下げつつ、壁のキーボックスから放送室の鍵を借りる。９月からは１年生が委員会活動の中心を担ってゆくための移行期間。放送室の鍵開けもあたしたちのお仕事になる。

「失礼しまーす。来場者予想のヤツ、持ってきました～」

同じクラスの……たしか三浦《みうら》くんだったっけ？　がやたらに厚い紙束を持ってくる。

「あぁ、そこ置いといて～」

返事する坂野先生の指差す先には、４桁から５桁の数字が書き込まれたロケットやコーヒーカップやソフトボールがいっぱい入った段ボール箱。

「ぽあんかれとかよくわかんなかったんで、リーマンで予想したんですけど……」

「はいは～い、ごくろうさ～ん。でね、林田くんね、この間の定理の話なんだけど、すっごいエレガントな解が……」

適当にあしらわれて、すごすご引き下がる三浦（？）くん。ちょっとかわいそう。

ここは2階の数学科研究室。機材とケーブルまみれの放送室も妙な空間だけど、ここもたいがいよね。窓際にはプランターがズラーッと並んでていろんな野菜栽培してるし、壁には意味不明な書籍でいっぱいの本棚がこれまた一分の隙もなく並んでて、そのフレームに『週に1回は帰宅すること!!』って黄色地に黒文字で印字されたラベルが貼ってある。

研究室って言うわりには、机とか椅子とか全然なくて、かわりにおっきなホワイトボードが、ワケのわからない文字や記号で埋め尽くされて、こんなにたくさん置いてあって邪魔じゃないの？　ってくらいに林立してる。

部屋の片隅には剝き身のチェロとキャスター壊れたパソコンラックがあって、10年くらい前のパソコンが1台、申し訳なさそうに載っかっている。

その前でガタガタのパイプ椅子に座りながら話し込んでる先生たちに、一応黙礼してから足早にドアに向かうと、後ろから呼び止められる。


「きみ、放送の子？」

「はい」

「悪いけど、珈琲持ってきてくれないかな？　いつものやつ」

いや、さすがに今は無理だと思うぞ……。

「まぁ、急がないからぁ、よろしく〜」

金とるぞ、コラ。


急いで放送室に戻ると、もうドアが開いてる。そういえばだっち先輩は合鍵持ってるんだった。

「おはようございま〜す」

「おはよ———!!」

少々ぶち壊れ気味の先輩が元気にお返事してくれる。そのままノートパソコンさんとの会話に戻る先輩。

「つーつーすりーふぉ、ってここで切れて、ここから繋いで、ラストはエフェクトかけて飛ばすから、ここの送りをこんくらいにしておいて、って、あれ？　ポインタやーい。どこいったー？　おーい……」

ヘッドホンつけてるからって独り言が大きいのナントカなりませんか？　先輩ってば。

「じゃーん」

ノートパソコンさまが何かお返事してる。画面が灰色一色になったかと思うとリンゴのマークが浮かび上がる。

「……そうですか、そうきますすか」

先輩もノートパソコン先生と意思の疎通ができたらしく、液晶の光を跳ね返す大きな眼鏡の下に満面の笑みを浮かべていらっしゃる。こういう時は……部屋から出るに限るのよね。


階段を上がって生徒会室へ。神崎先輩が〝お昼は上でランチミーティングなの♡〟って昨日言ってたから、会いに行く。ドアを開けると、締め切り前の弱小出版社もかくやといった阿鼻叫喚の世界が広がっている。うずたかく積もった書類の山の間に、食べかけのおにぎりや飲みかけのペットボトルが散在し、血走った眼《まなこ》の上級生たちが、床を這いまわる黒い節足動物を蹴り飛ばしながら右往左往している。

「生物部の仮設屋上菜園の盛り土が足りねえとか、ウチの管轄じゃねえだろ！」

「会計委員会の当初予算ってなんなんだよ！　ぜんっぜん足んねえじゃねえかよ！」

「パンフレットの最終稿って誰のいつのやつなの⁉」

「３－１で使う机の数、桁おかしいだろ！　こんなに出せねえっていうかあいつら何に使うんだ⁉」

「ちわーっす、あぱむ屋でーす。会長用のお重《じゅう》（いつものおにぎり２種にだし巻き卵とチンした鶏カラ入った豪華仕様）お届けにあがりました～」

「囲碁部の50面指し、茶室の隣うるさいからヤダとか言って、いまさら会場見直しとかマジ無理なんすけど！」


隅っこの会議スペース（パーテーションで区切られた３メートル四方の、まだ書類や段ボールや看板などに占拠されていない空間）で神崎先輩が異議申し立てをしている。

「１日目の体育館、落語研と歌舞伎研と日舞研は続けて公演する予定だったじゃないですか？　間に軽音が入っちゃったら仕込み替えとかどうすんですか‼」

「和物を連続でやるのもどうかって、執行部から横槍入っちゃってさ……」

「それならなんで最初に順番決める時に言わないんですか！　こんなジャンル違い、照明から音響から全部仕込み直しですよ‼　その意味わかってます⁇」

「だから、それぞれの開演時間を遅らせて、なんとかしようって話してるんだよ」

「……そしたら、1日目夜のリハーサルってどうなるんです？　後夜祭のリハ、そこでやることになってましたよね」

「……え？　そんなスケジュールだったっけ？」

「てめえが先週決めたんだろっ！！！」


荒ぶる神崎先輩（怒っててもステキ♡）をそのままにして、体育館放送室へ。加瀬先輩元気かな？　って、さすが先輩！　チャンネル表とスマホ見ながら鼻歌ふんふんしてる……けど、目が血走ってる。

先輩の横では白山がライトの先端に差し込んで使う赤や青色のカラーフィルターを切り刻んでいる。

〝この色、この大きさで30枚作ったらこっちの色であと40枚作ってそれからこっちの大きさでもう30枚作ったらあっちの色をあと33枚……〟

もういい、そっとしておいてやろう。


で、先輩たちの御用聞き（ほぼ聞けなかったけど……）が終わったあたしはといえば、これから全教室回って、いったいどんなことをしたいのか聞いて回るのがお仕事。神崎先輩は〝全部把握しとかなきゃ、いったいナニされるかわかったもんじゃないわよ！〟って言うけれど、それって、どう考えてもスタンドに入りそうなファールボールを、わざわざフェンス乗り越えて取りにいくようなものじゃない？

「あ、放送の人⁉　ちょうどよかった！　教室ん中、ドームのライブみたいにしたいんだけど、どうしたらいいかなぁ？」

ホラ来たよ。特大場外ファールが……。

□

あっという間に曜日がひと回りして、各イベントのスケジュールやら机の行き先やら会場の振り分けやらが、紳士的な話し合いや友好的な殴り合いなどの結果、おさまるべきところへおさまり、あとは突っ走るだけ（もうとっくに全力疾走だけど）になるこの時期。先輩も早瀬も雪ちゃんたちも、みんなほんとによく頑張ってくれている。

忙しいのはお互いさまの出版委員会さんの部室に顔を出すわたし。地下2階にあるこのお部屋。実は数年前に衛生委員会さんの突撃年末大掃除で〝発見〟された地下空間。20年くらい前の新校舎建設の時、非常用ディーゼルを設置するために作られたんだけど、翌年度の概算要求で発電機自体の調達が通らなかったとかでうやむやになって、長らく閉鎖されていたんだって。

今では発電機のかわりに、最新鋭のプロダクションプリンターが轟然と唸り、文化祭のパンフレットを陸続《りくぞく》と吐き出している。さすがに月刊誌を発行しているだけあって、委員さんたちの動きに無駄がない。記事の内容はちょっとアレだけど、さすが餅は餅屋よね。

〆切り2日前に余裕で納品ってステキだわ。

でも、ちょっと不思議なのは、委員総勢20名を抱える有力委員会だけあって年間30万円（ウチの3倍よ！）の予算を掠め取っていく出版さんの規模を考えても、こんなオンデマンド印刷機器を揃えられる道理がないってこと。聞けば、豊洲で土《つち》運ぶトラックがいらなくなって余った予算が、都庁の中でまわりまわってここに来たとかなんとか。

「ここなら人目につきにくいし、吸排気も完璧だからね」

って、出版の委員長さん（2年4組の鶴巻《つるまき》祥子《しょうこ》嬢）は言うけれど、まぁ、うまくやったものよね。

できたてのパンフレットを数部いただいて放送室に戻るわたし。団体名とか会場とか最終的に確認して、当日の案内放送の原稿とすり合わせしとかなきゃいけないの。地味だけど大事な仕事。ヘッドホンつけて〝ここからソプラノとテノールだけなくすとかスゲー無理……〟なんて唸ってる早瀬の肩をポンって叩いて元気づける。片手がよろよろってあがって一応返事が返ってくる。うん、まだ大丈夫ね。

奥の部屋では雪ちゃんと中島がフォロープランの打ち合わせ中。加瀬先輩から渡された進行表とスマホ見ながら〝こっちの人は下手《しもて》ピンがフォローして、Bメロで色替えて……〟とかいろいろ相談してる。ほんとマジメな子たちで助かる。

その隣、いつもの隅で加瀬先輩がめずらしく書類仕事。全ての団体からあがってきた照明機材の借用願いと、式実からおりてきた機材費とを天秤にかけて、諸事折り合いつけたあとに発注するだけの簡単なお仕事。去年みたいに借りられた機材に偏りがあって、参加団体から〝不公平だ！　やってらんねえ！〟みたいな声が上がらなきゃいいけど……って、のっそり立ち上がって窓際で電話かける先輩。

「いつもお世話になっております。加瀬です。昨日お話ししました件、今からメールでお送りしますので、ご確認よろしくお願いいたします……」

いつになくまともな日本語で電話してる先輩。こんな話し方もできるんだこの人。

わたし抜きで仕事が進んでるこの感じ。やっぱり委員長ならではの感触よね。これでもう安心して任せておける……。わたし、文化祭が終わったら引退しようと思ってる。長いと思ってた3年間も半分が過ぎちゃって、そろそろ……、

「何よこれ！　前夜祭とか聞いてないわよ!!」

☆

神崎の奴が開いたばかりのパンフレットを握り締めて、猛然と放送室から出ていく。そんな形相じゃせっかくの美人が台なしだっての……。大方スケジュールの変更とかで、式実に怒鳴り込みに行くとか、そんな感じだろ。ナニもそんなに慌てて……っていうか、

「ぜ、前夜祭!?　いつそんなイベントやることになったんだよ!!」

？

同刻。生徒会室会議スペース（パーテーションで…以下略）のさらに奥側。飯田橋高校

生徒会執行部執務室（学習机とパイプ椅子がいくつか並んだだけの……）。

「……多少の反発はあるようですが、マスコミは抑えておきますので、さほど大きな問題にはならないかと」

「そうか、手間をかけてすまなかった。まさか僕のディナーショーと僕のバンドのステージが同じ時間だとは思わなくてね……」

「ほかでもない会長の花道です。こちらこそスケジュールの調整が至らず申し訳ありませんでした」

「うん……それもそうだけど、前夜祭の件はどうなっているかな？」

「あぁ、その件ですが、万事怠りなく進んでおります。サプライズ企画ということで、公表をギリギリまで遅らせました。主催を我が執行部としましたので、何かと専横の気がある式実の連中にとってもいいクスリになるかと……」

「ふん、君も食えない男だね……、まぁいい。僕ももう引退だ。次の選挙の時は……分かっているね」

「はっ……心得ております」

生徒会室の扉が凄まじい音と共に開かれ、パーテーションの向こうから響いていた喧騒が一時《いっとき》静まる。

「ちょっと、これどういうことですか！　前夜祭とか、全然聞いてないわよ！！」

響き渡るキレ気味の美声。竦む式実一同。

「……マスコミは、抑えたんじゃなかったのかな」

「……申し訳、ございませんでした」

＊

そもそも文化祭の前の日、9月15日はいろんなコトをする予定だったのさ。体育館、多目的ホール、音楽室そのほかの照明・音響仕込みは言うまでもなく、照明機材使いたいって言ってきた一般教室の人たち連れて、レンタル屋さんに行かなきゃ（ごめんね機材費足りなくて運送費出せなかったの……）だし、ほかにも演劇部のお芝居の稽古とか英語科研究室の英語劇の練習とか、やりたいことやらなきゃならないことが目白押しだったのに、16時から体育館で参加団体全員のオープニングアクトやりまーすとか、2日前に言われても（実際まだ言われてもないんだけど）、あたしたちのライフと考慮時間はすでにゼロでっせ旦那。

神崎先輩を追って加瀬先輩も出てっちゃった放送室。だっち先輩が〝うぇーい！　できたー！〟とかマヌケな声を上げてヘッドホン外してるから、無言でパンフレット見せてみる。

「……あぁ、これアカンやつや」

そう言いながらも何か考えてる先輩。こういう時の先輩って結構ステキなアイデア出してくれることが……。

「すみませーん」

放送室のドアが開く。あ、葛西さんだ。

「あ、早瀬せんぱーい!!　この間はありがとうございました!!　おかげさまでオーディションに……」

「お、葛西さん！　ちょうどいいところに！　この間のお礼にちょっと放送委員やってくんねぇ？」

ステキアイデアそれかよっ⁉　先輩さぁ、もう少し考えてから発言しようよ。こんなハイスペックおさげお嬢様が、ウチみたいな零細企業、入ってくれるワケないぢゃ……、

「え⁉　入れてもらえるんですか⁉」

マジか？

「録音とか編集とか、先輩にいろいろ教えていただきたかったんです私！」

「おぉおお！　じゃ、ここにさらさらっと書いちゃって～」

言われるがままにさらさら書いちゃってる葛西さん。あ～あ、それ書くとスゲー働かされるよ～。ハロワもびっくりなブラック契約書だよ～。

「私、この間吹奏楽部辞めたので、ちょうどよかったんです。どこか部活に入らないと退学なんですよね、この学校」

まぁ、事実誤認も甚だしいが、この際四の五の言ってられん。飛んで火に入る貴重な人材。このまま確保してしまおう。というわけで、採用決定‼

「ったく、どこまで縦割りなのよ！　あの連中！！！」

相変わらずブチ切れながら神崎先輩が帰ってくる。

「まぁまぁ、来年度の予算２割増って言わせてきたんだから上出来じゃね？」

などとなだめる加瀬先輩が葛西さんに気がつく。〝Wow nice おさげ……〟とかぬかして神崎先輩の怒りも2割増。

「紹介します。元吹奏楽部で、本日ただ今より放送委員会に入ってくれました、1年3組葛西智子さんです」

いつになく大きな声で紹介するだっち先輩。こんな声出せるんだこの人。

「葛西です！　まだ右も左もわかりませんが、よろしくお願いいたします！」

葛西さん、おっきな声出せるんだ。まぁそれもそうか、あんだけサックス吹けるんだものね。


「葛西さんはサックスが上手で、音楽に興味があるんで、音響になってもらおうと思うんだけど、委員長はどう思う？」

「……アナタ、あめんぼあかいなあいうえお、って言えるかしら」

淀みなく繰り返す葛西嬢。〝うきもにこえびも……〟などと続きもすらすらと詠んでる。

スゲー！　滑舌も完璧。〝うえきや　いどがえ　おまつりだ〟

思わず拍手する一同。腕組みしながら頷く神崎先輩。

「……合格よ。今日から早瀬の代わりにアナウンスお願いね」

「ちょっと！　神崎!!」

「わたしや雪ちゃんが放送室《ここ》空けてる時、アンタの下手くそなアナウンス聞かされる身にもなってみなさいよ！」

「仕方がないだろ、こういう時期なんだから……」

「いいこと？　早瀬が智ちゃんに音響を教える。智ちゃんが早瀬に発声を教える。これがわたしの決定よ」

「はい！　わかりました」

「わかったよ……」


数刻後。

「先輩、これだとヴィオラが引っ込みすぎです。コンバスもなんかモワッとしてるし……」

「え？　そ、そうなの？？」

ノートパソコンで編集の基礎を教えようと、弦楽部の去年の録音を引っ張りだして即席授業を始めただっち先輩が、まさかの指導を受けている。

葛西智子。なかなかの逸材だわ……。

＊

あっという間に48時間が過ぎて、前夜祭の日。朝一番で集合かけた総勢50名の男子生徒を引き連れて、都営新宿線で新宿三丁目駅へと急ぐあたし。一般教室&音楽室バンド&軽音学部&水泳部&そのほかいろいろの男子たち。行く先は新宿御苑新宿門の目の前、加瀬先輩のバイト先、㈱新宿舞台照明のレンタル事業部だ。


「おはようございまーす。飯田橋高校でーす。お世話になりまーす」

「お、加瀬んトコの！　いらっしゃい、待ってたよ～」

白髪交じりのおじさまが雑居ビル地下1階の倉庫へ案内してくださる。

〝加瀬の奴元気か？　文化祭なんてアソビやってねえで、現場入ってほしいんだけどなぁ……〟

まぁ、おじさまから見たら高校生《ガキ》のおアソビよね、確かに。

今回借用する機材は、スモークマシンにストロボ、ACL、PAR、ランプピン、軽量スタンド、カラーホイール、スクローラー、スピナー、ボーダーケーブル、変換、調光器などなど。普通に言えば11トントラック半分くらいの物量なんだけど、式実の機材費がシブすぎて、運送費が出せなかったのさ。じゃぁどうやって運ぶのかって？　そりゃ人の手で運ぶのよ‼

「マジでこんな重いの運ぶのかよ〜⁉」
「これ持って電車乗るのとか、無理ゲー！」
「こんなん聞いてねえぞ！　責任者ダレだよ！」

……アンタたちがやりたいって言ったんでしょ。アリーナとかフェスとかみたくしたいって。どんだけ大変かとかまったく考えずに‼

まぁ、言うても仕方がないので、観光バスの添乗員よろしく皆様引き連れて再び都営新宿線へ。黒光りする怪しげな機材いっぱい抱えた男子高校生の集団が、金曜朝のラッシュの気配残る車両に強制乗車。ごめんね、世間サマ。

学校に戻ると、機材の使い方を説明して振り分けして一般教室の皆様はその場で解散。お昼を食べる暇もなく、体育館と多目と音楽室に機材あげて、絶賛仕込中の各現場のお手伝い。っていっても放送委員総勢６名しかいないから、なかなか捗らないのよ、これが。なのでとりあえず暇そうな軽音男子を延長雇用。

「オレたちはいつまで拘束されんだよ〜」

「飯も食わしてくれないとか、スゲーブラックなんすけど」

あたしだって腹減ったの！　いいからケーブル引くの手伝いなさい‼

まずは音楽室の仕込み。仮設電源に調光卓繋いで、部屋中に仕込んだライトをスイッチひとつでピカピカできるようにしておいて、あとはセルフサービス。

「スゲー！　超スゲー！　オレ天才じゃね‼」

「オレにもやらせろよ‼」

一生やってなさい。

お次は多目的ホール。まぁホールとは名ばかりのただの大きな会議室なので、照明機材も音響機材もオール仮設。ここは吹奏楽部とか弦楽部とかクラシック系の部活が演奏するから、全体的に明るく仕上げる。神崎先輩と白山が朝から手際よく仕込んでいたので、プラス小一時間の作業で仕込み完了。客席側ではだっち先輩がいーっぱいマイクを用意して録音の準備をしている。横で葛西さんが楽器の配置図見ながら、〝ここが第一バイオリンでこっち側がチェロですね〟なんて話してる。こりゃ適材適所なんてレベルじゃないわ。

で、今度は地下一階のプール。水泳部の屈強な男子たちが明かり採りの窓に段ボールで目張りして暗くしてる。やっぱり屈強な女の子たちとピンスポットを仕込む。

〝いいですか？　絶対に濡れた手で触らないように！　感電しますからね〟

〝はーい♡〟

言ってるそばから水着姿で自主練始める部員たち。

〝わー、フィギュアのエキシビジョンみたい!!〟

まぁ……そのとおりよね。

ようやく多目から下りてきて、ラップでぐるぐる巻きにした怪しげなスピーカーをプールに放り込み始めただっち先輩をおきざりにして、いよいよ体育館へ。ここは落語研や日舞研といった和物系の方々と、ダンス同好会や軽音楽部といった色物系の方々、そして演劇部や英語科研究室といった芝居系の方々が入り乱れて、好き放題やってくださるというステキ空間。

「おー、中島！　わりに早かったな！」

汗まみれの加瀬先輩が、声をかけてくる。

「吊り込みは終わったから、卓の操作頼むわ！」

先輩がライトの向きとか当ててるエリアの大きさなんかを脚立に登って調整するから、調光卓を操作して一灯ずつ点灯させる。たくさん吊ったライトを全部調整しなきゃならないから時間がかかって大変。神崎先輩と白山はギャラリーに上がって追加のスポットライトを仕込んでる。


照明の調整が半ばまで終わったあたりで、だっち先輩が機材台車をひきずりながら現れる。〝うわー！　もう一時半かよ‼〟なんて言いながら、ステージにスピーカーを組み始める。葛西さんはいつもの達筆図面を見ながら音響卓の周りを組んでる。たった二日間の即席授業でよくここまでできるものだ。


「スタジオとかでよく見てはいたんですけど、今まで全然意味がわからなくて……先輩に教えてもらってやっとわかるようになりました！」

そう、それはよかったね。でもちょっとなんかムカつく。あんなアキバ系にこんな可愛らしいおさげお嬢様が〝せんぱい！〟モードだなんて、ちょっとばかし不公平なんじゃない？

「中島、何怒ってんの？」

「ひもじいんですっ！」

委員全員、飲まず食わずの突貫作業で15時。この騒動の責任者、山本雄二生徒会会長氏が下手《しもて》大扉より登場。

「おーい、神崎くん、まだ終わんないの？　3時半にはHouseOpenしたいんだけど大丈夫？」

〝放送委員一同の殺意がバールのような鈍器になって山本某をぶちのめせれば重畳極まりないのにぃ♡〟なんて妄想を胸のうちにしまいながら、神崎先輩はにこやかに答える。

「大丈夫です。間に合わせますから」

そう、あたしたちは放送委員。間に合わせるのが仕事なの。

台本とかプログラムとか一切なしの、この〝前夜祭〟などと呼称するイベント。式実の先輩たちも〝ウチはノータッチなんで……〟なんて逃げ腰。まぁ、それもそうよね、式実も2日前まで知らなかったんだから。

＊

でも、緞帳開いたらやるしかない。何もかもがぶっつけ本番のオープニングアクト。客入れ中に調光卓のプログラムを想像だけで組んでいた加瀬先輩が、トランシーバーで連絡してくる。

「とりあえずノープランなんで、でたとこ勝負で、よろしく～」
「了解～」
「わかりました～」

だっち先輩は葛西さんに、〝とりあえずワイヤレスマイク何番出るかだけ教えてね……〟なんてあきらめモードでお願いしてる。そうよね、普通マイク持ってステージ出ればそのまましゃべれると思うわよね。誰かが音響卓操作してくれないと音出ないとか思わないわよね。事前に誰が何番のマイク使うとか、ちゃんと打ち合わせしなきゃ本番できないなんて知らないわよね。

そう言われた葛西さんだって、誰が何やるかわからない（まぁ、あたしたち全員わからないんですが……）から、とにかく袖で出番を待つ人々に片っ端から話を聞いてメモにまとめて生徒会室のコピー機でコピーしてみんなに配ってくれた。有能！　超有能!!　スゲーよ智子！！！

「なんかコピー代とられちゃいました……」

殺す。あいつらゼッテー殺す。。。

16時。

ノートパソコンのハードディスクがキュルキュルと唸りを上げ、Mission:Impossibleのテーマ曲（選曲もだっち先輩だそうで……）を送り出す。袖から次々と出てくる生徒たち。自分のクラスの、部活の、同好会の演し物を1分間でアピールするというのが趣旨らしいこのイベント。袖では智子がストップウォッチ片手に1分計時して、次の団体に〝出てください！〞って指示を出してる。これ、完全に式実とかの仕事ぢゃね？　まぁ言うても詮なきことなので、あたしと白山は出てくるヒトたちをとにかく片っ端からフォロー。加瀬先輩が30分で捏造した超絶ステキ明かりで煽りまくって、だっち先輩が〝早瀬の洋楽らいぶらりー〞フォルダーからヤバメなビートの曲流しまくって、神崎先輩は智子がつくったメモを横目に、次に出てくる団体さんの名前をいつものステキ声でアナウンス。

「……の皆様ありがとうございました、次は３－１〝オレのディナーショー〞の皆様です。どうぞ♡」

どんな時も愛想を忘れない神崎先輩。でもね、目がヤバイの。１ミリも笑ってないの。ほんとに。

数刻後。体育館下手袖。

「おつかれー！　みんなおつかれー。やー、前夜祭よかったよー」

〝さすがオレ〞的なドヤ顔で出演してた人たちを労う会長氏。そのまま皆様お揃いで体育館をあとにする。

文句のひとつやふたつやみっつも言いたいけれど、明日の朝から始まる落語研さんの〝九段やすくに亭〟のために絶賛仕込み替え中なあたしたち。会長氏ご一行を横目で見送りながら〝しねしねしね……〟って繰り返すしかないの。ほんと因果な商売よね。

「おつかれ！　中島、まただいぶ腕あげたな！」

加瀬先輩が背中を叩いてくれる。なんかスゴく嬉しい。こんなに嬉しいのに、なんで……涙が出そうなんだろ。

「……まぁさ、みんな楽しんでたし、いいんじゃない？」

そうそう、言うの忘れてたけど前夜祭、ほんとのほんとに超満員だったの。で、ステージに出てるみんなも、それを見てるみんなもスゴく楽しそうにしてた。

「中島……何泣いてんの？」

「……ほんとにひもじいんですっ！」

まぁ、そういうことにしておいて、ね。

文化祭

文化祭1日目。もう気分的には2日目だけど、今日も朝からお仕事いっぱい！　あたりまえのように7時には登校して各現場のシステムチェック。濃い目のカラーフィルターなんかは色が飛んでたりするから替えておかなきゃならないし、ほったらかしだった一般教室の方々から、メールやSNSや内線でいろんな質問・ご意見・苦情・呪いなどが寄せられているので、片っ端から対応するし。


「スモークマシン、煙でないんだけど……」

あー、それあったまんないと出ないから、昨日ご説明差し上げましたよね。

「あの、ムービング的なことってどうやればいいんですか？」

あー、それね、暇そうにしてる男子を灯体の後ろ側に座らせれば大丈夫。

「かゆ……」

うま……

9時の体育館は朝の演芸タイム。落語研の先輩が〝えー、豊洲とひと口に言いましても、昔は……〟なんてマクラを振っているのを、だっち先輩がマイクで拾ってスピーカーからうすーく出している。バレないように、が基本なんだって言ってたけど、それってやる意味あるのかしら？

「あくまで噺家さんがしゃべってるって体《てい》を崩さないようにしないと、雰囲気でないからね～」

ふーん。いっつも大音量でガンガンやってる先輩にしては奥ゆかしいわね。

隣では加瀬先輩が明かり出したまま熟睡中。落語って基本的に明かりの変化がないので、噺が終わりそうになったらだっち先輩が起こすという画期的なシステムらしい。ラクしてるわね……。

神崎先輩が来た。何かいいことでもあったんだろうか？　朝からなんか楽しそう。

「もうそろそろ落ち着いたから、1年生のみんなは1時間半フリータイムにします。次の軽音の仕込み替えには戻ってきてね。……あと2年はまともに見られないんだから、楽しんでらっしゃい」

「は～い」が三つ。

先輩！　お気遣いいただきありがとうございます！

考えたら1年生だけで行動するなんて初めて。どこいってみる？

「私は弦楽部の演奏見てみたいです」

おぉ、さすが智子。お嬢なチョイス。

「わたしはメイドカフェかな？」

白山、それ行ってどうするの？

「そーいう真希はどうなのよ？」

あたし？　あたしは……。

9時20分。2年3組　歌声メイドカフェ『じゅぜっぺ』に行ってみる。こってこてのゴスロリ調に飾り付けられた教室の扉から、テノールの美声が聞こえてくる。あぁ、これだっち先輩が何日か前に編集してた曲だ……。

〝……ノリでメイクしちゃったけど、なんか康平スペック高くね？〟

〝……っていうか、スゲー歌ウマすぎなんですけど、うちの担任〟

〝……ダークホースもたいがいにして欲しいものだわ〟

〝正直、惚れるレベル……〟

ひと目で女クラとわかるナリの方々が、後ろの扉から出てきて興奮気味に語り合っていらっしゃる。

教室に入ってみると、タキシードでめかしこんだ林田先生が、椿姫『乾杯の歌』を熱唱していらっしゃる。スゲーよアルフレード‼　ヴィオレッタ役の生徒なんか完全に恋する乙女の目。ダメよ！　まだ1幕1場でしょ‼

「……噂には聞いてたけど、半端ないわね、先生」

白山、どんな情報網なのさ、アンタ。横で智子が小首を傾げながら聞いてくる。

「あの先生が顧問なんですか？　放送委員会の」

……そういえば、そうだったような気がしないでもない。

9時55分。神崎先輩が当番している多目的ホールに行ってみる。

「あら、結局ここ来たの？」

と神崎先輩。

「えぇ、この高校の弦楽部ってレベル高いって伺ってましたので」

智子が嬉しそうに答える。

へー、そうなんだ。ちっとも知らなかったわよあたし。

客席の後ろのほうで待っていると、出演者が登場。ポニーテールの第一バイオリン、ツインテールの第二バイオリン、お団子ヘアのヴィオラと来て、口ひげ中年男のチェロが登壇。あ、坂野先生だ。

『ショスタコーヴィチの弦楽四重奏曲第3番第3楽章』って聞いたことないけどなんか激しいやつ、を汗たらったらになりながら弾きまくる坂野先生。このナイスミドル、ただ者ではない気がする。素人でもわかるわ、この異常さ。

「なんか、数学科の先生って無駄に廃スペックよね……」

それな。

10時20分。生物科研究室。

あたしのお目当てはこれ。

「真希、これって……」

骨格標本よ。

「真希さん、これが見たかったんですか?」

そう。何か問題？

あたしの目の前には身長１８９センチのコーカソイドの骨格標本が立ってる。もちろん本物だ。この学校が旧制中学校だった頃に講師で来てたドイツ人が急病で亡くなって遺言で献体されたって聞いてる。文化祭の期間中だけ一般公開されるって話だったから、こうして来てみたわけ。

「ほんものって、ほんものってこと？」

そうよ、やっぱり美しいわよね♡

そろそろ時間。喧騒と人混みにあふれる廊下を戻りながら、ふと思う。体育祭っておっきな風船をみんなでふくらませるような感じだったけど、文化祭はいろんな色や大きさのシャボン玉をいーっぱい飛ばすような感じなんだなぁって。なんか子供っぽい言い方しかできなくて歯がゆいけど、そう思うの。全部見て回ることなんてとてもできやしないし、時が過ぎればあたりまえのように消えてしまうけれど、風に吹かれてばーって飛んでく、その有様を眺めているだけで、あたしの青春はざわめくのだ。

＊

体育館に戻って絶賛仕込み替え〜、って思ってたら、なんだか様子が違う。落語研の先輩が〝……おあとがよろしいようで〟なんて言って、いつの間にか満員御礼になった体育館から万雷の拍手浴びてるステージ。その様子を調光卓についてボケーッと眺めてる加瀬先輩に、会長氏と軽音の高木先輩が話しかけている。

「……で、次のやつはとりあえずマイク2本とスポットライトが当たってればOKだから」

と、会長氏。昨日の傍若無人《ひとでなし》ぶりはどこいったのかしら？　なんか今日は普通のイケメンさんね。

「……それならそれでいいけど何すんだよ」

調光卓を片手間に操りながら尋ねる加瀬先輩。

「今日はアコースティックでやろうかなって」

「へー、楽器は？」

「アコギと」

「ブルースハープ」

「……渋いやつか」

にやりと笑う加瀬先輩。こういう時の先輩っていい仕事するのよね。

落語研さんが終わってお客さんのいなくなった体育館。脚立に登って二人分のスポットライトの調整を始める加瀬先輩。だっち先輩はスタンド立てのマイクを2本準備してる。これくらいなら先輩たちだけでもあっという間に片がつくわね。

10時45分。お客さんが入ってくる。大方イケメンぶりに騙された女子連かと思ってたら、結構先生たちも来てる。他校の制服着た生徒とか、さっき多目的で演奏してた弦楽部の面々とか。

時計の長針が真上に来たら、水銀灯落としてブルーの背景明かりだけにする。腹立たしいことにスタイルまで完璧な会長氏と、肩幅がっちりな高木先輩のシルエットが、下手袖から現れる。拍手が沸き起こるけど黄色い声は飛ばない感じ。え？　何が始まるの⁇

「そっか、中島は初めてか。あいつらの本職」

え？　本職って何よ。

会長氏のブルースハープが五線譜の上で遊ぶ子供みたいに跳ねまわる。思い出したように絡みつく高木先輩のアコースティックギターの旋律が体育館中に響き渡る。え？　何これ。またヤバイヤツきちゃう感じなの？？

「もうなぁ、これだけで泣けるんだよなぁ……」

音響卓を操りながらだっち先輩がつぶやく。っていうかもう泣いてるし先輩。

「あいつら、たぶん、行くトコまで行っちゃうぜ……、事務所っぽいのも来てるし」

加瀬先輩が指差す先には、どう見てもカタギに見えないオトナが腕組んで佇んでる。

「ああ見えて、ここら辺のライブハウスじゃ有名だからね」

なんとまぁ。

「まぁ、新助組ってネーミングはどうかと思うけどな……」

「こーいうんだったら大歓迎。先に言ってくれればいいのに……」

多目的から戻ってきた神崎先輩も、まんざらでもないご様子。

「……二人でやってる時は気分屋だからな、あいつら」

魔法のような30分が過ぎ去り、両手を控えめに上げて拍手に応える二人。そのまま下手袖へハケていく。きっかり1分後には〝学州院と獨教の生徒会から来客があります、それから20分後に消防査察の対応で玄関ロビー、そのあとは飯田橋商工会の……〟などと過密スケジュールを耳元で囁かれ続け意気消沈《げんなりぐったり》気味の会長氏と、デスメタルなコスチュームに着替えた高木先輩が〝次いってみyo‼〟などと絶叫しつつ、それぞれ別々の方角へ向けて廊下をつかつか去っていく。みんなそれなりに大変なのね……。

その30分後には、歌舞伎研が定式幕開けて、その60分後には藤娘が舞い、その90分後にはダンス同好会がストリートダンス。多目は多目で吹奏楽部がぶかぶかどんどんやって、音楽部が混声合唱して、舞踏部が暗黒的な何かの舞を披露し……。

17時。一日目終了。

のお知らせを、神崎先輩が若干かすれ気味の美声でアナウンスする。一般生徒は下校の時刻。楽しそうに階段を下りていく彼らの横を、機材を抱えて走り回るあたしたち。夜は昨日の前夜祭のおかげで飛んじゃった演劇部と英語科研究室の稽古に付き合うの。さすがに芝居系は稽古の動画見ただけじゃ本番できないしね。で、客席空っぽの体育館でせっかく稽古（時間ないから短縮版だけど）に付き合ってるのに先輩たちの意識は朦朧。あたしたちだってふらふら。

「ごめん……明日から本気出す」

音楽出しそこねただっち先輩が謝ってる。

「オレは明後日からでいい？」

間違えて暗転しちゃった加瀬先輩が誤《バグ》ってる。

そんな感じで今度こそ一日目終了。


帰宅してお布団入ったら3秒くらいで次の朝。２日目の今日の体育館はお芝居系が２本のち後夜祭。昨日より番組数は少ないけれど、ステージ上に装置組むから脚立が立てにくくて照明の調整が捗らない。合間にちょこちょこ多目の仕込み替え。吹奏楽部と弦楽部の合同演奏会では録音も頼まれてるから、だっち先輩と智子は大わらわだ。


〝よんでくれないと……ねむい〟

結核の奥さんが朦朧としながら旦那さんにせがむ。必死に万葉を詠む旦那さん。あぁ、これもヤバイヤツきた……。旦那さんにうっすらピンスポットあてながら涙が止まらない。

「中島、鼻水啜《すす》る音うるさいよ～」

加瀬先輩がシーバーで若干怒り気味。だって、奥さん死んじゃうんでしょ！　あんなに旦那さん頑張ったのに!!　こんなのってあんまり過ぎるでしょ！！！

「おまえ、意外と純粋なんだな……」

4時間に及ぶ飯田橋高校演劇部　第45回定期公演〝浮標《ぶい》〟。昭和、それも初期の頃に書かれた作品なんだって。あたしからしたら江戸時代も同じ時期。そんな大昔の作品なのに、なんでこんなに泣けるんだろう？　ほんと意味不明。

上手《かみて》ピンの白山も、奥さんとりながらマジ号泣してる。カーテンコールで穏やかな拍手を浴びてにこやかに笑う2年4組五味清香《ごみさやか》嬢。よかったー奥さん生き返った‼　っていうかあの先輩おかしいんじゃない？　演技が高校生とかってレベルじゃない気がする。

「……たしかに、あいつスゲーな」

加瀬先輩が片手で器用に鼻かみながら緞帳に合わせて前明かりアウトしてる。だっち先輩なんか鼻水と涙が流れっぱなしで、端っこのあたりが若干乾き始めてる。きたない。

余韻に浸る間もなく、あっという間に寂れた座敷が片付けられ、おなじみの某国テレビ討論会風味な背景幕が吊り込まれる。飯田橋高校演劇部大道具係。あたしたちとは別の意味でのお仕事集団。腰から釘袋とトンカチぶら下げた屈強な男子計三名（さっき絶唱してた旦那さん含む）が、ひと言もしゃべらずに作業してる。世の中にはこんな人たちもいるのね。世間は狭いようで広い。

シャリク先生が熟女メイクして舌鋒鋭くまくし立てる14時。同じく金髪のヅラかぶってバタ臭い感満載の柳《やなぎ》先生（色白上等英語科主任）が、あきらかに南部訛りの英語で応酬してる。同じく英語科の古部《ふるべ》先生（バーコード頭にして定年間近のおじいちゃん）がプレゼンテーションソフトを手足の如く操り、日本語字幕をリアルタイムで流していく。国際情勢から社会保障問題まで、あらゆるジャンルに話が飛びまくる。世界には正義と等量の不正義が存在する。自分の立ち位置が変われば、両者の関係だって変わる。どっちが勝ったのか、どっちが負けたのか、そんなこと言ってるからこの世はダメで、そんなことにこだわっているからこの世は面白い。そんな感じの話。30分1本勝負。日本に生まれてよかった！　つくづくそう思う昼下がり。

さて、お次は後夜祭。いよいよラストスパートで仕込み替え。音楽室バンドの照明機材バラして、軽音の男の子たち（再雇用しましたが何か）に運んでもらって、体育館のあちこちに追加でどかどか仕込んでまいります。

ステージではだっち先輩が多目からバラしてきたマイクを、ドラムやアンプに立てまくりながら、ケーブルやビニールテープと戯れていらっしゃる。〝きっちり養生しとかないと、あの傍若無人集団にナニされるかわからないからね……〟って、いったいどんな集団が来るんだろう？

「まもなく第59回飯田橋高校文化祭後夜祭を開催いたします……」

神崎先輩がアナウンスを入れて、学校中から生徒が集まってくる。このステージに立てるのは、式実のオーディションを突破した実力派バンドだけなのだそう。たしかにデモ音源聞いた限りではマトモな演奏してくれそうな感じだったけど……。

「貴様らぁ〜！　体育科舐めんじゃねえぞおおお!!　生活指導のぉ時間ぢゃぁあああ！！」

なんかスゴイの来たよ……。

「うぉおおおお！　罰としてぇ、皇居弐周じゃぁあああ！！！！」

バツとして!!　皇居弐周!!　バツとして!!　皇居弐周!!

ジャージの上にデスメタルなコス重ね着した先生たちが、デスヴォイスでスラッシュビートでツインギターでツインペダルな感じのオープニング。体育館はヘッドバンギングな生徒共のおかげで震度3。だっち先輩が〝あぁあああ、スピーカーヤバイかも……ま、いっか♡〃なんて呟きながら、音量最大まであげてる。加瀬先輩が〝おっしゃー、いけー!!〃って絶叫しながら煽りまくってる。あたしたちはピンスポット振り回す。とりあえずシャウトしてる越前谷《えちぜんや》先生（柔道部顧問もち黒帯）とったり、ギターリフやってる櫻谷《さくらだに》先生（水泳部顧問超絶逆三角形）にフォーカスしたり、昨日リハできなかったから出たとこ勝負（最近の流行りコトバ）でやりたい放題。ベースのソロパートで吉住《よしずみ》先生（陸上部顧問長距離走者体形にしてスキンヘッド）のアタマにスポット当てると、とりあえずみんな合掌で拝観タイムだし、ドラムソロでは髪の毛振り乱して叩きまくる叶谷《かのうや》先生（バレー部顧問アラサー女子）の美しすぎる御姿に男子達がどよめき&脳内Ｒｅｃタイム……。

〝ぱちん！〟

19時46分。後夜祭終了。

加瀬先輩とだっち先輩がブースで手を合わせてる。とにかく大騒ぎしながらハケていく生徒たち。あーつかれた！　でもあたしたちのお仕事はまだまだ終わらない。体育館《ここ》バラして多目と地下プールバラして、一般教室さんが使った機材（玄関ロビーに集めてある、ハズ）の員数チェックして、明日、朝イチで男子50名率いて返却しなきゃだし……。

「お・つ・か・れー!!」

加瀬先輩がみんなの頭をグシャグシャにして回ってくる。ちょっと嬉しいあたし。迷惑そうな白山。されるがままの智子。一人華麗に躱す神崎先輩。一人スルーされるだっち先輩。

「さ、ちゃっちゃと片付けてお家帰るわよ！」

「Yes, Ma'am!」

22時45分。飯田橋高校放送室。

「お疲れさまでした～！」

神崎先輩がまとめる。

「加瀬先輩、ご挨拶おねがいします」

「えー、とうとうこの日が来ちゃいまいた。オレ加瀬俊之は永久に……」

「加瀬先輩は今日で引退です。お疲れさまでした！　そして中島と智ちゃんにはまだ言ってなかったけれど、わたしも引退します」

ぇ？　神崎先輩⁇

「……ほんとにみんなには申し訳ないけど、わたしなりに考えて出した結論です。明日から……普通の高校生に戻りたいと思います」

めずらしく涙目になってる神崎先輩。

「あとのことは、雪ちゃんはじめ1年生のみんなに託します。ここにいるみんななら、もう大丈夫だと思う。これからの放送委員会、頼むわよ！」

「……はい！」

三人揃ってキリッと返事。そっか、いよいよあたしたちの番ってことね。

「……神崎。まぁ頑張れよ、受験生」

「……先輩こそ、こっから先、本気で頑張んなきゃダメですからね！」

「お、おう……」


何やら湿っぽくなってきた。どうしてくれようこの空気。

「はいはーい、というわけで。本日ただ今より、わたし白山雪子が仕切りまーす」

突然どうした白山よ。アンタそんなキャラだったたっけ？

「明日は8時30分集合、レンタルした機材の返却と放送室の復帰をやります。ついでだからケーブル全部引っこ抜いてメンテします。ま、明日ぐらいは呼び出しとか編集なんかもないだろうから、大丈夫でしょ。じゃ、そういうことでっ」

「おつかれさまでしたーっ‼」


6人そろって言う最初で最後の台詞。9月17日はこうして幕を閉じた。この日この時感じた不安や切なさ、気合と期待は、それから何年たっても色褪せることなく、仄かな熱とともにあたしの中に残っている。

引き継ぎ

放送室の行動予定表から〝加瀬〟と〝神崎〟が消えた。委員長マーク（桜の花びらに〝いいんちょ〟って書いてあるヤツ）も白山のところに移り、一番下の欄には〝葛西〟が書き込まれた。これまでこの委員会が何年続いてきたのか、生徒会室の灰色キャビネットに眠る資料を漁れば出てくるかもしれないけれど、所詮は無味乾燥な文字列の記録でしかない。ここからは〝あたしたちの代〟。つまりはそういうこと。

引退ということが喪失と同義だって気づいたのは、あのとんでもない祭りが終わり、2〜3日経ってからのことだ。先輩たちの蓄積したモノ・技・ココロそして雰囲気までもが、きれいさっぱり失われる。それが引退。

でも、高校の部活なんて所詮そんなものかもしれない。加瀬先輩の上の代の出来事なんて有史以前も同じだし、あたしたちが今してることだって、3年も経てば影も形も残らないと思う。

だから、あたしたちには今しかない。そう思うの。ヘンかな？

「ちっとも変じゃないよ！　真希!!」

なんだ白山？　やっぱりあんたキャラ変わってないか？

「真希さん！　一緒に頑張りましょ!!」

おぉ！　ガンバロー!!　智子!!

「まぁ、やる気のあるのはいいコトだよな」

アンタは相変わらずね……先輩。


あの日の翌週、加瀬先輩はバイト先の仕事でツアーに出ていった。２ヶ月間、全国各地を巡るらしい。授業とか大丈夫なんですか？　って聞いたら、〝オレ意外とできる男よ、もう単位ほぼほぼだし〟って笑ってた。こんな積極的不登校者《トラさん》を卒業させるだなんて、やっぱりこの高校ヘンだわ。

ときどき廊下で神崎先輩とすれ違う。いつも眉間にシワ寄せてる先輩しか見たことなかったから、シワなしの先輩はとっても綺麗。でもちょっと寂しそうに見えるのはあたしの気のせいなのかな？

白山は人が変わったように生き生きと委員長やってる。あれほどご執心だったスマホのゲームも、今じゃストレス発散のアイテムのひとつにすぎないみたい（結局やってんじゃん……っていう話は置いといてあげてね）。

智子はだっち先輩といろいろやってる。お互いにうまいこと師弟関係作ってあーだこーだ。あたしにはわからない言葉でやり取りしてはクスクス笑ってる。正直ちょびっとうらやましい。

あたしはといえば、あの2週間の出来事を思い返している。それだけあればなんだって起きるってこと、なんだってできるってことを思い知らされた2週間。まぁ、ジメジメしてるのも性に合わないし、とりあえず鍵、取りに行きますか。

なんかやたらに大きな貼り紙が貼ってある数学科研究室。模造紙に極太赤マジックって尋常じゃないわよね……。

〈告知〉
以下の者に数学科3年分の単位を認定する
・9月8日頃 Riemann hypothesis にて来場者数予想を提出した者

※不正解なるも証明自体は成立しているため。
なお、解答に記名がないため、該当者は大至急数学科研究室まで来ること。

相変わらず意味がわからないのでスルー。研究室に入ると先生たちが青白い顔してホワイトボードに齧りついてる。なんかやたら興奮気味に宇宙語で語り合ってるので、〝鍵借りまーす〟って声だけかけて出てくる。先生たち昨日も一昨日もそのまた前の日もおんなじ格好してたような気が……ま、いっか。

放送室の鍵はもう開いてた。扉を開けると珈琲の香り。なんだか久しぶり。


「おはようございまーす！」

「おはようー、中島！　わりいけどコレ数学科に届けてくんねえ？」

トレー（ハンバーガー屋さんで意図的に返却しなかったヤツ）に乗ったマグカップが三つ。焦げ茶色の幸せから湯気が立ち上っている。

「さっき内線で注文あってさ、喫茶店じゃねえってのにな……」

「はいはい、わかりました～」

トレーを持って出ていこうとするあたしを先輩が引き止める。

「あれ？　髪型変えた？」

まぁ、ね。ついでに言うとメイクもしてるのさ。

「へー、なんか中島っぽくねえな……」

ナニよ、このおさげ萌男《もえお》！

■

委員長を引き継いで一ヶ月。とはいえ、正式には生徒総会で生徒会長が選任されて新執行部が承認されて委員会組織が成立して初めて委員長を拝命することになる。それまでは肩書に〝心得〟ってつくの。まぁ、それがとれたところで、やることに変わりはないんだけれど、いよいよその日を迎えるとなると、ちょっと緊張するものね。

文化祭の前に神崎先輩から引き継ぎ含めていろいろ聞いてはいたけれど、この学校の生徒会って想像以上にスゴイ組織らしい。年間予算は５００万円超。生徒から徴収される年間８００円の生徒会費に加え、不動産所得や株式配当金なんかがあるらしい。

１９８０年代の後半に株式研究会っていうサークルが作られて、当時の生徒会費を流用して怪しげな投資活動して億単位の資産を築いたあと、設立メンバーが全員卒業してしまい、あとに残されたっていう曰く付きの資金源。いちおう学校長に赴任した先生が責任者になって管理しているって形になってはいるけれど、税務署対策かなんかで、その実態は歴代の会計委員長だけが知るところなんだって。

ウチみたいな弱小委員会は、せいぜい年間10万程度の予算しかつかないけれど、出版さんは30万だし、式実なんかは各イベントに100万単位でつぎ込んでいるらしい。しかも執行部は文化祭で地元の商店街とか企業からパンフレットの広告料取ってるから、純減ってわけでもないらしく、あるトコにはあるって状況がここ数十年続いているんだそう。

まぁ、それはさておき、10月半ばの今日は第59回飯田橋高校生徒総会。先代の生徒会長山本雄二氏の懐刀、2年5組伊藤誠次郎《いとうせいじろう》氏が無投票で会長選任、のはずだったんだけど、5年ぶりに対立候補が出馬したんだとか。おかげで有名無実化していた選挙管理委員会が急遽再編されて、総会前の立会演説会と相成ったわけ。まぁ、先代みたいな無駄スペックイケメンでもなければ、伊藤氏の組織票に勝てる見込みはないわよね。

最近ようやく色気づいてきてくれた真希（この子、素材はいいのにガサツすぎるのよね）と、相変わらずヲタなだっち先輩に体育館放送室（通常の催事は下手袖2階にあるこの部屋から照明と音響を操作するの、これまた今さらだけど）を任せ、わたしと智子でステージの進行を仕切っている。それなりに有能だった式実も代替わりで人材がごっそり抜けて、こうした催事の進行までウチで面倒見なきゃならなくなったのは、いずれ問題になる案件よね。

で、わたし出会っちゃった。彼に。薄暗いホリゾント裏通《うら》って上手に行こうとした時に、反対側からBダッシュしてきた彼と、食パン少女よろしく激突して、眼鏡ふっとんで、あとはご想像におまかせ。

ま、そういうわけで、わたしの旦那は生徒会長♡　フフ、身内枠で予算倍増よ。さすがわたし。

「雪子さぁ、いいかげんコンタクトにしろよ……」
「わたしが素顔見せるのは先輩だけぇ♡、っての、どうですか？」
「……さーせん。それで結構です」

□☆

土曜の夜。メッセージ待ちなのはもはやデフォ。引退したあとも、相変わらず先輩からバイトとか現場の連絡が来てたけど、急に途切れてもう二ヶ月。学校でも見なくなったし、引退って中退《そういうこと》なの⁇　って思ってたら、なんか来た。参考書の山の下に埋もれたスマホが身悶えしてる23時45分。

11/20　8:30　新宿　正装　とっぱらい1万　印鑑イラネ　よろ

もう少しないのかな、近況報告とか謝罪とか言い訳とか……。こっちは本気モードの受験生なのに一応毎週日曜空けて待ってたのよ。まぁ先輩は知らないんだろうけれど。

駅から飛ばすタクシーの運転手さんに、今まで名前くらいしか聞いたことがないこの街の様子を教えてもらい、宿と会館の位置関係、今日のスケジュール、各セクションの人数なんか考えつつ、地元のウマい料理を食べられて、地酒と焼酎がきっちり揃ってて、それなりに繁盛してるけど、10人単位でまとまって入れるくらいの座敷が空いてて、深夜までヤな顔せずに営業してくれるって、そんなナイスな飲み屋を、外観と雰囲気だけで探し当てる特殊能力を武器になんとかやってきたこの二ヶ月。さすがのオレも何回か辞めようと思ったワケよこの仕事。

ツアーメンバーで地味に最年少だったオレは、まぁよく言っても丁稚扱いなわけで、照明以外にもいろんな雑用をこなさなきゃなんねえ。次の会館の搬入口の場所・条件を考えた混載4トンの積み込みを、〝カセ!!〟とか怒鳴られながら手際よく段取ったり、〝私物ないすか～　トラック閉めますよ～〟って楽屋中声かけてまわったり。

で、三ヶ所目くらいから体が自動的に動くようになって、ちょっとずつ余裕も出てきて、

〝え……、カセって高校生なの⁉〟なんて絶句してる音響姐さんに、〝そうすよ〟って言いながら焼酎ロックささっと出したり、〝お前も少しはアイツを見習えっ！〟って手下小突《てか》いてる舞台監督さんの空いたグラスを回収して薄めの水割り作ったりしてるうちに、コレはコレでアリだなって思えるようになった。

二ヶ月間。スゲー濃い時間を一緒に過ごしたオトナたちに、〝おつかれ！　またどっかの現場で会おうぜ‼〟って最高の褒め言葉を頂戴して、帰ってきた下宿は、うっすら埃が積もったうえに、何もかもが小さく見えた。背、伸びたかな、オレ。

8時15分。新宿駅中央西口改札の前で待ち構える。いつものダークスーツが颯爽と自動改札抜けてくる。って、先輩おっきくなってないですか？　目つきもなんか鋭いし。なんか……変わった。

「おはようございます……」

わたしの頬が火照っているのは曇り空から降りてくるひんやりとした空気のせい。たぶん。

8時15分。柄にもなくドキドキしてる。考えてみたらアイツに会うのは久しぶり。改札の向こうにいつものポニーテールを探す。って、なんだ？　あの前下りショートボブは？

「おはよ、じゃ、行くか……」

にしても、何もかもがどストライクすぎてオレ困惑。

○

放課後の非常階段。ここで練習するのは、この学校に入ってからの日課。吹奏楽部辞めて放送委員会入ってからも、だいたい毎日続けてる。校舎の外壁にくるりくるりと螺旋を描いてくっついてるこの階段。雨の日はびしょびしょだし、夏は暑い。今はもう秋から冬に向かってるから日に日に寒くなる。だから、よほどの物好きでもなければこんなトコには来ない。誰にも邪魔されず、誰の邪魔にもならずに練習ができる。あの人が言うには、一日練習サボったら三日分下手になるんだそう。たしかに文化祭明けでセッションしたら、あまりにグダグダで怒られちゃった。

放送委員会に入ってよかったことは、放送室の機材でCDやレコードを思いっきり大音量で聞けること。機械の操作を教えてくれながら一緒に聞いてただっち先輩が〝スゲーなこの録音〟って感心したあと、文化祭の時の録音データをさんざんこねくり回した挙句に、真顔で悔しがってたっけ。

そうそう、この間、校庭で球技大会やってたの。非常階段から練習ついでに眺めてたら、ゴールの前に先輩が立ってた。手と足いっぱいに広げて、しゅって飛んでボール弾いてた。サッカーってよくわからないんだけど、なんかスゴイ動き方だった。体育科の先生から〝ナイスセーブ!〟って声かけられて挙動不審(照れてるのかな……)になってたけど、ちょっとかっこよかったな。しかもね、先輩眼鏡が砂だらけになってて、それを外してシャツでフキフキしてたんだけど、眼鏡かけてない先輩って、意外にステキだった。

そういえば夏に先輩と録ったデモテープが、オーディション通って、来週事務所の人と会うんだ。うまくいけばお仕事もらえるかもしれない。今はまだあの人のお世話になりっぱなしだけど、いつか自分で稼いでやるって思ってる。

私にはたぶん音楽《サックス》しかない。そう信じて、今日も非常階段に登る私。目の前に広がる境内の木々も、色々の葉を落として冬の支度を始めている。そう遠くないいつの日か。

*

朝、目覚ましが鳴る前に目が開く。ぱっちり。にっこり。生きてるって地味にステキ。

なんてどーでもいいこと考えながら、まずはテレビON。

……続いてのニュースです。数学界で長年にわたり未解決とされてきました、いわゆるミレニアム懸賞問題のうち、リーマン予想について、都立高校の教師グループが、このたび証明に成功したと発表しました……

朝はやっぱりニュース。受信料きちんと引き落としで払ってるあたしとしては、NHK一択よね。

……なお、教師グループは学校生活に影響が出るとして、個人名の公表ならびに記者会見は行わないとのことです。また、米国クレイ数学研究所より支払われる懸賞金100万ドルの受け取りについても、〝理由はいろいろとある〟として、辞退する意向を……

へー、もったいないなぁ。などと思いつつトースターに山型食パン2枚放り込んで、3分の1お水を入れたヤカンをガスコンロにかけて、それからトイレと洗面所。時間の節約、基本よね。

チン！　ってトースターが鳴る頃には、ヤカンから湯気が上がってる。先輩の真似して珈琲淹れてみるけど、まだまだ修業が足りてない感じ。テーブルに全部並べていただきまーす。

バター入りマーガリンといちごジャム塗ったトースト2枚を、湯気の立つ珈琲と一緒にてきぱきと平らげ、お皿洗ってからもう1回洗面所。最近は地味にメイクもするし、髪の毛だってお手入れするの。ちょっとは気を使うようになりましたよ、あたしだって。よれよれTシャツとハーフパンツなんて超テキトーな寝間着を洗濯機に放り込んで、ちゃっちゃと制服に着替えます。服考えるの面倒だから、スゲー楽。なんて言ったらまたバカにされるんだろうな、白山に。

昨日、部屋干ししといた洗濯物の乾き具合と、テレビでやってる天気予報と、窓の外の雲の様子を総合的に観察して、ベランダに出すか部屋干しのままかという朝一番の究極の判断を下し、そういえば今日は燃えるゴミの日だったなんて思い出してゴミ袋ガサゴソし、玄関のローファーに生地の薄くなり始めた靴下のかかとをねじ込んで、今日も元気に行ってきます！

がたぴしいうエレベーターで5階まで上がって、あとは狭苦しい階段を十数段上がれば屋上兼ゴミ捨て場兼裏通り。なんか最近、やたらと人がうろついてるのよねこの道……などと思いつつ四ツ谷駅まで徒歩10分。

改札口に定期入れかざすと、残金3円。乗り越し精算とかもう少しスマートにいかないものかしら、なんて思いながら黄色いほうの電車に乗ります。

見慣れた風景に見慣れたつり革。どこで、どう踏ん張ればガタンゴトンやりすごせるかも、今じゃ体が勝手に対応してくれるからまるで世話なし。ふと気がつくともう飯田橋。ホームの端から長ーい坂道上ってって西口から牛込橋に出ると、待ち合わせをしてるらしき、いろんな制服のいろんな生徒たち。間をすり抜けて、すったか歩くあたし。こっから学校まではずーっと上り坂なのさ……。

こんな話、需要あるの？　ねぇ。

年末進行

年に1回の放送設備点検。学校中のスピーカーがちゃんと機能しているか確認するのが仕事。毎年末にやることになってるんだ、って先輩が言ってる。考えたら先輩以外みんな1年生だから、なんでもかんでも先輩頼りになってしまうのは仕方がないことよね。

普段あたしたちが入らないような部屋にもスピーカーはあるから、1週間くらい前に点検日と時間を告知しておいて、今日がその実施日。ビル・エヴァンス流しながら廊下と一般教室を小一時間かけてぐるりと回り、次は部室関係。運動部さんの部室は一ヶ所にまとまっているからサクッと回れるんだけど、出版さんみたいに辺鄙なトコに部室を構えている団体さんも多くて、なかなか時間がかかるの。

〈1F北側男子トイレ奥PS内　漫画研究会部室〉

うわー、ちょっと入りづらい、けど、お仕事だから仕方ない。ってことで、失礼しまーす。

「誰か神保町買い出しいってくんねぇ？　トーン切れた！」

「おまえが行ってこいよ！　オレなんか〆切り一昨日《おととい》だぜ！」

「オレが描きたいのはこんなCoolJapan的なやつじゃなくて萌絵なんだよな……」

「しょうがねえだろ！　クラ同の奴らからフライヤーの発注来てんだから⁉　っていうか、ちょうどいい外貨稼ぎだって、仕事とってきたのお前だろ⁉」

「せっかく島エンドとれたのに、うすい本作る暇NEEEE！」


……次、行ってみよう。

〈5Fルーフバルコニー先　仮設プレハブ生物部部室〉
ここだったら、まぁまともかな。こんにち……

「へびー⁉」

「あぁ、逃げちゃダメだよチャールズ……」

「なんでヘビがカバンから出てくんのよっ⁉」

「え？　だって寒いじゃない、この部屋……」

「その子無毒なんでしょうねぇ？」

「たぶん……」

「しゃー……」

「ちょっと!!　鎌首もたげてるわよ⁉」

「チャールズぅ、おすわりだよ～」


……はい、次ぃ。


〈7F天文ドーム回転機構マシンスペース　兼天文部部室〉

そういえばだっち先輩ここと兼部してるんだったっけ？　ちわー、放送でーす。


「……最近、早瀬先輩来ないね～」

「やっぱりこの間、ミホさんと別れたのが効いてるんじゃない？」

「人はいいんだけど、所詮ただのムッツリスケベだからね～先輩ってば♡」

「それより、こんどのふたご座どこ行く？」

「大菩薩嶺かなぁ～」

「え～？　また冬山装備～？」

え？　先輩彼女いたの⁉　っていうかムッツリスケベってナニよ⁇


〈B2F非常用ディーゼル機械室改め出版委員会印刷工場〉

おじゃまし……


「いいんちょ～う、いつになったら帰れるんですか～？」

「あたしにわかるわけないでしょ⁉」

「なんでこんなペラッペラな本、こんなに作んなきゃならないんですか？」

「そもそもなんで他所の高校の分までウチで面倒見なきゃならないんですか⁉」

「この時期はそういうものなの！　28日までに全部あげるわよ！」

「は～い……」


年末って大変そうね、いろいろと。

そういえば年末は加瀬先輩のバイトがあるんだった。久しぶりにメッセージが来てた。
〝12/28 13:00～12/31 24:00　ビッグサイト　イベ　半袖必須　とっぱらい3万　一応印鑑〟

って。真冬に半袖ってなかなか謎よね。何のイベントかしら？

放送室に戻ると、見慣れない女子が受付に来てる。報道って腕章つけて肩からカメラ下げてるから出版さんの関係なんだろうけど……。

「お、中島おかえりー」

「とりあえず、部室関係はＯＫでしたぁ、どうしたんですか？」

「お邪魔してます。出版の西崎です。執行部の総括作ってまして、写真のチェックお願いしに来ましたぁ」

あぁ、いわゆる事務所チェックってやつね。放送室の受付（でっかい書類キャビネットの上のべっこんべっこんいいがちなスペース）の上に広げられる写真の数々。

「あ、加瀬先輩だ。すっごいカメラ目線。これって望遠でしょ……？」

「これって体育祭の時の神崎先輩ですか？　なんか顔赤くしてる……」

「わー！　文化祭ん時のあたし！　演劇の時のかな？　すげー泣いてる……」

写真に群がるみんな。つい最近のことなのに、意外と覚えてないものなのね。

「この写真はウチの人じゃないと思いますよ」

白山が西崎さんに話してる。

「あぁ、この人。一緒にいたから撮っちゃったけど、放送さんじゃなかったんですね」

智子が横から口を挟む。

「それって早瀬せ……」

内線電話が鳴る。数学科から珈琲の注文。〝またかよ～〟なんて愚痴りながら、珈琲セットを準備するだっち先輩。あたしはマグカップとトレーを準備する係。写真をまとめて帰る西崎さん。〝ありがとうございましたぁ〟


ところで、冬休みってみんなどうするの？

「そういえば加瀬先輩から……」

「加瀬先輩が……」

「加瀬さんから……」

え？　みんな呼ばれてるの⁉

「そうそう、コミケの企業ステージの仕事だよ。たぶん」

コミケ？　何それ？

＊

暑い。ひたすらに暑い。これ季節的には冬なんでしょ。なんなのよこの温度と湿度！　っていうか、なんなのよこの人口!!　人の多さに酔うってよく言うけど、コレ異常すぎる!!　あたし止まってるハズなのに、地面のほうが常に蠢いてて、めまいがひどい。下見てたら気持ち悪いからって、上のほう見上げたら、なんか雲みたいなの浮いてるし!!　ここ一応屋内でしょ⁉

土建屋さんスタイルの腕太すぎて脇締まらない人たちが罵声と勢いであっという間に組み上げた仮設足場《イントレ》四段の上に、単管付き出してホイスト仕込んで、ピンスポットと整流器を吊りあげて……そのあと1日飼い殺しってどーいうことよって思ったけど、今このイントレから降りたらあたし死ぬかもって本気で怯えるレベル。1回どうしようもなくなってトイレ行ったけど、往復と行列だけで小一時間かかったさ。休憩時間とかそれでおしまいなのよ⁉　向こうのステージBのベテランさんなんかイントレ上に尿瓶持ち込んでて、その横でお弁当食べてるし。まぁだいたいからして飲んだ水分かたっぱしからTシャツに吸われるから世話なしなんだけどね。で、汗まみれのTシャツ気持ち悪いよーって思ってたら、袖でムービング卓いじってる加瀬先輩がインカム越しに言うのよ。

「お前さぁ、一応女子なんだから、その、透けてるのなんとかしろよ……」

って。もうどーでもいいじゃん、たかがブラ透けてるくらい。こっちはそれどころじゃないのよ！　っていうか、もっときわどいカッコの人、いっぱいうろついてるじゃない、その辺に。

「真希さぁ、アンタほんとにそれでいいわけ?」

そんなこと言う下手《しもて》ピンの白山は、単管にクリップファン挟んで回してるの。ちょっと準備よすぎなんじゃない?

「だいたい真希ってそんなガサツなちびっ娘キャラなのに、首から下は上出来だからいろいろと残念すぎるのよね……」

「ナニよ! あたしだって好きで発育したんじゃないわよ! だいたい肩凝ってしょうがないのよコレ! 汗かくとカユイし……」

「……ちょっとさ、隣の社員さん困ってるから、インカムでそういう身もふたもない会話すんのやめてくんねえか」

加瀬先輩の隣の一般調光の社員さん(年末で人手が足りなくて現場に出張る神風営業氏)が顔赤くしながらカチャカチャ卓打ちしてる。

「加瀬さぁ、お前の連れてくるバイト、いろいろとレベル高ぇな……」

「フフ、まかしといてくださいよ、秋山《あきやま》サン」

コミケって初めて来たけど、凄まじいイベントなのね、コレ。この企業ステージAとBがある東7ホールだけじゃなくて、ビッグサイトのほぼ全域で開催してて、3日間毎日10数万人もの人が押し寄せるんだって。たいした仕込みじゃないのになんで前日入りで宿つきなのか気にはなってたんだけど、朝ホテルの窓から外見て納得しましたよ。

で、やることと言ったら、進行表がWi-Fiで手元のタブレットに飛んで来るから、それ見ながらピンスポットあてたり、イベントの合間にステージのライトの仕込み替えしたり、足場よじ登ってライトの色変えたりって、まぁいつものパターン。正直、仕事自体は楽勝なんだけど、環境が凄まじすぎる。

一応ちょいちょい休憩時間はあるんだけど、白山は目真っ赤にしてクリップファンに〝あ〜〜〟し始めたし、音響ブースに詰めっぱなしだっただっち先輩とか、ステージのマイク出し入れしてた智子なんて、活性炭入りマスク（PM2・5対応）つけたまんま腕組んで昼寝してる。……っていうか智子、先輩の肩に頭のせて寝てるとかいろいろ間違いすぎじゃない⁉　加瀬先輩は八丈島ん時みたいな格好でうろついてて、すっかりリゾートバイト気分だし、社員の秋山サンなんか薄っぺらい本大量に買い漁ってニコニコしてるし。

そんなこんなであっという間に3日間。痩せましたとも、きっちりと。ステージ横まで乗り入れた会社の2トンロングにバラした機材全部放り込んだら、もう年も改まる頃合い。倉庫まで運転して帰る秋山サンに手を振って、終夜運転のりんかい線に乗り込むあたしたち。どこ行くかって？　決まってるじゃない！

まぁ、ここもある意味異界よね。原宿駅の3番線臨時ホームから降りた先に広がる面積

70万平方メートルの人工林。大晦日から正月三が日で300万人もの参拝者を集める明治神宮。警視庁第三機動隊が展開する薄暗い境内に、玉砂利を踏みしめる幾千人の足音がしゃらりしゃらりと響き渡る丑三つ時。


「そういえば、神崎先輩来るって言ってたよね、初詣」

「まぁ、この人だかりじゃ探すのは無理よね……」

「……お呼び出しいたします、飯田橋高校放送委員会の皆様……」

「あっ！　先輩っ!!」

「あけおめー！　みんな元気？」

「せんぱーい！　お久しぶりですー!!」

「どーしてわかったんですか？」

「まぁ、ホストにオタクにメガネっ娘とちびっ娘とおさげっ娘のグループなんて見逃しようがないわよ」

そういう先輩は、かんざしまとめ髪にビシっと着物でThe初詣スタイル。作業着の上にスタジャンとコート重ね着してるあたしたちとはエライ違いだ。

「うーん、やっぱり神前式だよなぁ……」

なんてわけわかんないことつぶやいてる加瀬先輩。

いい加減歩いていくと、おっきな賽銭箱……プール？　の前に辿り着く。二礼二拍一礼。基本よね。

〝フォローがうまくなりますように〟

なんて実に即物的な願かけして、5円玉お供えして、そのままヒトの流れに乗せられて北参道へ。

「おつかれさまでしたー」

真っ暗な参道の先に並んでる、発電機の音とお鍋から立ち上る湯気に包まれたラーメンとおでんの屋台に当然のように腰を下ろして飲み始めた加瀬先輩とだっち先輩に手を振り、ずらりと並んだタクシー乗り場で神崎先輩と白山と智子を見送り、一人夜道を歩くあたし。タクシー乗ってもよかったんだけど、歩いても30分くらいだから全然平気。

この1年で、ずいぶんいろいろなことが変わった。1年前、あたしはただの中学生だった。1年前、あたしは学校行くのが面倒くさい斜に構えた耳年増だった。1年前、あたしはおウチでテレビつけっぱなしでお布団入って寝てた。1年前……。

「真希〜！　おひさー！　からの〜あけおめー!!　ちょっと邪魔してるよー！」

マンションの扉を開けると、もはや懐かしいあのヒトの声が飛んでくる。変わってないな……。

「うわー！　またおっぱいおっきくなってない⁉　彼氏くらいできたぁ？　ねぇ、真希‼」

ってていうか、いつ合鍵作ったよアンタ……。

＊

1年半ぶりにやってきたあのヒトは、、コンビニかなんかで買ってきたっぽい芋焼酎のボトルをテーブルの上にドンと置き、人ん家の冷蔵庫勝手に開けて製氷皿の氷全部をボールにぶちまけて、水割りセット〜♡とか、まぁとにかくご機嫌だった。〝代々木のカウントダウンおわって家まで帰るの面倒だから来てあげたの、どーせ真希も一人で寂しいんでしょ！〟なんて言って。旦那さんはどうしたの？

「あ〜、ちょっと海外行ってる……それよりさぁ！　コレとコレとコレ、どれがいいと思う？」

図面ケースから引っ張りだされたEテレの子供向け番組のセット図面がテーブルにずら

りと並ぶ。これは……ちょっと子供向けじゃないし、こっちのは媚足りないし、うーん、これはいいんだけどバランスがおかしくないですか？

「さっすが真希～！　やっぱり子供向け《イーテレ》の図面は子供《おこちゃま》に選ばせるに限るわよね～!!」

自分の仕事なんだから自分でやればいいのに……。

「ところで、真希はこんな時間までナニしてたの？」

ビッグサイトと明治神宮行ってました。

「へー、血は争えないわね～、って言っても繋がってないけどぉ」

別にデザインとかじゃないですよ！　照明のバイトと初詣です。

「照明～!?　アンタそっち系行くんなら機材バカ吊りするような無能プランナーにはならないでね!!　ほんとマジ迷惑なんだから……」

ホントこのヒトは相変わらずすぎる。あたしが物心ついた頃からおんなじ愚痴。カド落ち上等な年季入ったノートパソコンに安物マウスとボロテンキーつないで、イライラカチャカチャしながら〝脳内がプリントできたらチョ～楽なのに……〟なんてつぶやくこのヒトは、オクタとかいうイベント会社の美術デザイナーなのだ。

「そうそう、真希さぁ、高校行ってるんでしょ。どんな感じヨ？」

あたしのコト気にしてくれるなんて、ちょっと初めてなんじゃないですか？

「そりゃ付き合い長いもの、少しは気になるわよ」

少し今さらすぎやしませんかね……？　まぁ、とにかくここ1年半の出来事をかいつまんで説明するあたし。どうせ飲んでるから明日の朝には忘れ去られてるに違いないけれど。

「なんかヘンな高校ね、真希のトコ」

やっぱり、そう思うでしょ。

「そんだけ手広くやってて、なんでデザイン系の部活がないのよ‼」

そこかい……。


テーブルに突っ伏して、よだれたらしながらいびきをかき始めた彼女（ほんとデザイナーとは思えないほどガサツよね、このヒト）に、いつものタオルケットをかけて、3日分の洗濯物を洗濯機に放り込むあたし。あぁ、正月かぁ……お雑煮くらいは作ろうかなぁ、などと思い立ち、片手鍋に水を張って昆布と乾燥しいたけを入れとく。宅配さんが届けてくれた人参とか里芋とかカウンターに並べて、冷凍庫の鶏肉を容器に入れなおして冷蔵庫に移して解凍お願い～、なんてコトしてるうちに給湯器のリモコンが〝お風呂が、入りました〟って言ってくれたからお風呂へＧｏ。……さすがに眠いわ。

ふと目を覚ますと、布団の中にいる。え？　窓の外はとっくに明るくなってていわゆる朝チュンな状態。台所からお雑煮の美味しそうな香りが漂い、包丁トントンしてる音が聞こえてくる。

「……おはようございます」

「おはよー！　真希さぁ、さすがに湯船で寝落ちはないわぁ。そんなことしてるとアンタ死ぬよ、ホントにこの娘は……」

なんて三つ葉切りながら怒られてるの、あたし。……まさか。

「保育園ン時以来かしらね？　お風呂で寝ちゃってお着替えフルコースって」

あぁあ。やってしまった〜。

「真希さぁ、アンタやっぱり大きくなってるわ、ちょっと許しがたいわね、まったく……」

いろいろとスミマセン……。

＊

1月下旬。第70回飯田橋高校クロスカントリーレース！　が開催されるここ東京都稲城市には、旧制中学時代から引き継いだ広大な運動施設があって、猫の額ほどの飯田橋校庭に収まりきれない運動部さんたちが日々〝通勤〟していらっしゃる。往復の定期代だけでバイト代がぶっ飛ぶというなかなかの好条件の下で、インターハイとかちょいちょい出てるのはさすがよね。

野球場にテニスコートが4面、サッカー場に体育館、非常用ヘリポートまで備えてる、飯田橋高校の名に恥じない狂的施設。大昔はグライダー部や乗馬クラブなんて典雅な部活があったらしく、のちの世のエースパイロットやメダリストを量産してたっていうんだから、ホントご立派。

で、この薄ら寒い曇り空の下、全校生徒が10キロ走る〝だけ〟というこのイベント。受験シーズン真っただ中のハズの3年生まで強制参加のガチ行事。あたしたち放送委員も今回は純粋に参加者として走るの。でもね、今週末は体育館（飯田橋の）でダンスフェスティバル201Xっていう行事（全校女子生徒が思い思いのグループ作って、創作ダンス振りつけして覇を競い合うという、ありそうでありえない行事。当然あたしたちも踊るのさ！）が控えてて、照明とかフォロープランとかいろいろ考えなきゃならないから、正直こんなトコで走ってる場合じゃないのよ。そしたら智子がナイスアイデア出してくれたのさ。

「早くゴールしちゃえばいいんじゃないですか？　終わったらそのまま解散ですし……」

おっしゃ！　そういうことなら走り込みよっ！　ってことで委員全員で閑散期（1月の冬休み明け、生徒たちがまだ正月気分に浸ってて、学校に来なかったりお休みしたりする1週間）に皇居をくるくる回ってみたの。これが結構気持ちいいのよね。普段機材抱えて校舎内外かけずり回ってるあたしたちにしてみれば、きちんと陽の光を浴びて自分の好きなペースでステキな景色を眺めながら走るなんて、ちょっとした贅沢。智子が言うには有酸素運動で肺活量も増えて声も通るようになって、ついでにバストアップも見込めるってことらしいんだけど、白山は〝アンタには関係ないわね〟ってなぜか不機嫌。

で、びっくりしたのはだっち先輩の速さ。先輩ってただのヲタだと思ってたんだけど、天文部の合宿でよく望遠鏡とかテントとか担いで尋常じゃない高さの山登ってるんだって。そういえば練馬から毎日自転車通学してるらしいし。いろいろと意外すぎるわ、このメガネ。

「まぁ、舗装路と山道限定だけどね……」

それにしても、最近だっちのことが先輩って思えなくなってきた。っていうか放送室の備品のひとつくらいに思えてきたの。珈琲淹れて音編集してくれる便利な機械って感じ？この間なんか智子がだっちいるのに普通に着替え始めて、あたしがあわててひっぱたいたくらいだもん。先輩、ちょっと泣きながら〝女クラかよここ……〟ってつぶやいてたけど、非モテのヲタがハーレムinな状態なんだからちょっとはありがたがって欲しいものだわ。

「まぁ、DVだけは勘弁な……」


〝ようい、どん！　って言ったらスタートな〟

って、ベタすぎる吉住先生の小ネタにいちいち付き合う総勢700余人。さすがは行事の固め打ちに慣らされてる飯高生ね。

〝オレに勝ったら、単位進呈〜!!〟

とか言いながら大人気《おとなげ》ない猛スピードで走り出すスキンヘッドのあとを、陸上部ならびに陸上同好会（なんで分かれてるのかしらね？　この人たち）の精鋭が追従していき、その後方から市民ランナーの体《てい》でついていくあたしたち。さすがに本職には敵いませんて……って思ってたら、先頭集団にだっちがおる。そういえば昨日放送室で〝編集が終わらNEEEE！〟って絶叫して、みんなから〝うるさい!!〟って怒られてたっけ。まぁ頑張れだっち。


冬の低い太陽が雲間から顔を覗かせ、多摩川ののんびりした川面にキラキラと陰影をつけ始めた頃、ようやく折り返し地点――土手道のど真ん中に〝ここから逆走せよ〟旗を持った坂野先生がつっ立ってる――が見えてくる。大方通過した生徒の数と男女比から怪しげな数理モデルでも考えているんだわ。

〝……単純先頭集団群Gが、質量ギャップで非自明だから……〟

そんな折り返し地点の結構手前ですれ違っただっち。メガネ曇ってて髪の毛落ち武者でひどい有様だったけど、フォームだけはなんかそれっぽかった。〝こっからツーエイトで、ここの小節の裏拍につないで……〟って相変わらず先頭集団内でブツブツ言いながら全力疾走。さすがに全校33団体分の編集を智子なし（私もダンスの練習がありますのでお手伝いできないいんですごめんなさい）でやってるだけあって、脳内編集完璧ね。

「できればオレを複製《コピペ》したひ……」

生物部ならなんとかできるかもね。

あたしたちが折り返し地点を通過してしばらく走ると、加瀬先輩と神崎先輩が仲睦まじく走ってくる。なんだかんだ言ってあの二人ってお似合いよね。

「さすがのわたしでも、入り時間とギャラだけのメッセージじゃ意味わかりませんよ!!」

「……駅名書き忘れたんだよ」

「もー、せっかくの日曜返してくださいよ!!」

「……だから、こうして謝ってんだろ！　っていうか電話すればよかったじゃねえかよ⁉」

「しましたよ‼　誰ですか？　あの女⁉」

「……妹」

「いないでしょ！！！」

　ま、そっとしておこう。

　後方集団とすれ違うようになると、いろいろな仮装をした生徒が目立ってくる。明らかに東京マラソン的な何かと間違えてるヒト（当然男子）たち。全身バナナさんとか等身大巨大不明生物さんとか帝国軍の白い兵隊さんとか舞浜のネズミさんとか、いろいろな意味でやばそうな人たちが、〝おめーらバッとしてもう一周な……〟って叶谷先生（食い込み著しいセパレートユニフォーム着用）に追いかけられて、〝イーッ〟ってヘンテコな声あげながら、今さら全力疾走かましてる。

　まぁ、今時のクロスカントリーレースなんてこんなものよね。どこの高校も。

たまにはこういうのも悪くない。こんなオレでもそう思う。2月のとにかく一番寒い時期に行われるこのイベント。さすがに午前4時開始だから参加は任意だけど、漢《おとこ》なら1回は出るべきだと思うぜ。まぁ普段なかなかお目にかかれないモノも見られるし……な。

☆
＊

「ぅぃいやあぁぁ!!」

「っしゃぁぁあああああ!!」

痛えよ！　マジで。お前ら本職（剣道部員）だろ。一般生徒だって参加してるんだから、ちったぁ手加減しろってんだよ！

「きぇえええぇぃ！！！」

だからイタイっつうの!!

「……先輩もきちんと打ち込んで来てくださいよ！　稽古なんですからっ！」

って、お前神崎??

「ぅうぅしねぇえええええ!!」

今、お前死ねって仰った⁇

体育館棟2階の剣道場。都心にはめずらしく星空が広がり、ただひたすらに寒い夜明け前から始まる寒稽古。ここは普段は剣道部員の修練の場なんだけど、この1週間だけは一般生徒も参加できるの。資本主義の荒波に勝てなかった学食も、この1週間だけは剣道部の卒業生さんたちが来てくれて、善哉《ぜんざい》が振る舞われるんだって。まぁあたしは眠いからパスだけどね〜。

やっぱり剣道着って破壊力スゲーよな。面つけてると目線ごまかせるから、いろいろじっくり観察できるし、やっぱりいいよな〜剣道女子……。って思ってたけど、さすがにオレも年だわ。打たれるばっかかで、全然打ち返せねえ。去年はもうちっとマシだったんだけど……。うわっ、今度の相手はオトコだよ！　テキトーに済まそうっと。

「きぃいいいいいぇい‼」

お前さ。武士道ってコトバ知ってる⁇

ようやく稽古が終わって善哉《ぜんざい》タイム。これがまた至福の時なのよ。防具とって剣道着だけになった女の子たちの汗にはりつく後れ毛とうなじが、朝の疲れを癒やしてくれる。まさに日本の美そのものだね。


〝あ、かせせんぱい来てる……〟

〝としゆきせんぱいってば、道着姿が凛々しすぎるぅ……〟

〝ね、前に座ってるのダレよ!?〟

〝あんなオトコいたっけ??〟

〝……あたしのフォトフォルダには入ってないわよ、あんなの〟


「……加瀬先輩、おはようございます」

「お！　早瀬じゃん!!　寒稽古来たんだ」

「まぁ、一応参加しとかないともったいないかなって」

「そうだよなぁ、こんなマニアックなイベント。参加しない手はねえよな」

「まぁ、中学ン時ちょっとやってたからってのもあるんですけどね」

「へぇ、意外だなぁ。っていうかお前メガネないと意外と精悍な顔なのな」

「ちょっと先輩やめてくださいよ、隣からBL待ち的な視線来てますし……」


突然目線を外して、そしらぬフリをし始める隣のテーブルの女子2人組。

〝ちっ、感づいたか〟

〝嗅覚の鋭い奴め……〟


あ、神崎が来た。

「おつかれさまでした」

「おつかれ〜」

「おつかれ、あぁ、いいんちょ……神崎も来てたんだ」

「え？　アンタ早瀬⁉」

「……ほかの何に見える？」

「……ちょっと意外すぎるわぁ、お姉さん考えちゃうわぁ……」

「なんだよ⁉」

「……アンタ、ウチのクラスの娘と付き合ってたでしょ」

「……あぁ、でもだいぶ前のことだよ」

「なんで、イケメンマイスターのミホがアンタなんかと付き合ってたか、ずーっと謎だったのよね〜」

「え？　ミホってそんな娘だったの⁉」

「そう、それに寂しがり屋なのよあの娘。一時期結構泣いてたし……」

「えええ⁉　〝やっぱキモいから無理〟って言われて別れたんだよオレ」

「ミホは、〝最近放送室ばっかり行ってて、絶対浮気してる系だよアイツ〟って言ってたけど……」

「えー、仕事してただけじゃん。神崎だって知ってるだろ」

「そりゃそうだけど、夏頃にアンタが夜中女の子と一緒に歩いてたの見たって……」

「あ」

「……ナニ？　早瀬、お前そんなに手広くやってるの？　その顔で……っていうかキャラで？」

「それ、中島なんですよ」

「ちょっとアンタ！　真希ちゃんに手ぇ出そうとしてるの⁉」

「お前、あーゆーのがタイプなワケ？」

「……そーいうわけじゃないですけど……相当着痩せするタイプだなって」

「……どストライクってこと？」

「……っていうか鑑賞済みってこと？」

「……まぁ」


なんということでしょう。

□

卒業式。相変わらずの式典明かりに、校旗あてのスポットライトとかを足してお茶を濁す年度最後のイベント。来月の新歓ステージの追い込みがあるからそんなに凝ったこともできないし、式典でガチャガチャやるのも品がない。だいたいわたしは9月の文化祭で引退したんだから関係ない。けれど、やっぱりちょっと気にはなる。だって、ほかでもない先輩の卒業式なんだから。


って！　なんで脚立登ってるんですか！

「お、神崎じゃん」

「先輩！　自分の卒業式ぐらいお客さんでいてくださいよ！」

「え？　客じゃなくて主役じゃね？　オレ」

「……どっちでもいいですけど」

「お前こそ、引退したんじゃなかったっけ？　文化祭で」

「それはそうですけど、雪ちゃんたちも初めての新歓ステージだから、準備とか大変かなあって思って……、で様子見に来たんです！」

「見てのとおり。きっちり仕事してますよ」

「だいたい先輩一人なんてどういうコトですか？　調光卓の操作とかどうしてるんですか？」

「ほら、コレ」

先輩が制服のポケットからスマホを出すと調光用のアプリが走っている。

「Wi-Fiで調光卓に割り込んだ」

そこまでして一人でやりたいのか……。


「先輩。ついでにお話ししときたいことがあるんです」

「どうした？」

「わたし、これから1年間は勉強に集中しようと思うんです」

「おぉ、さすが大学目指してる奴は言うことも立派だわ」

「だから、もうバイトとか現場の連絡はしないでください」

「……そっか。そりゃそうだよな。わかった。今までありがとうな」

「それから、1年後にまた連絡もらってもいいですか？」

「いちねんご？　なんで？」

「……バイトとか現場じゃない連絡もらえます？　いいかげん」

1年後。計画どおりにいけば大学生だ。先輩は来月就職するから学歴的にはわたしのほうが先輩になる。こっちの世界じゃね、戦いは学歴で決まるのよ、先輩。

「JDか……賞味期限切れじゃね」

死ねよ高卒。

＊

卒業式。いつの間にか明かりづくりまで終わってた体育館で平身低頭するあたしたち。だって、今年の新歓ステージ、とうとう出演団体が三桁の大台に乗ったのよ⁉　だっちの顔なんか二週間くらい前から土気色だし、智子は〝今年は放送も出演しましょ‼〟ってナニかしでかそうとしてるし、白山は生徒会室《うえ》に入り浸って戻ってこないし……。

まぁ、そうは言ってもこの学校にしてはめずらしくどノーマルな式典なわけで、特別感動的なことが起きるわけでもなく、普通の呼名、普通の涙、普通の別れが繰り広げられるんだけど。やっぱ泣けるのよこれが……。

「ぜんぱい〜！　おぜばになびばじだぁ――」

お前さぁ、女子力の前に保育園からやり直せよ……、ダレかこいつに鼻のかみ方をだなぁ、ってくっつくなぁあああ！

加瀬先輩に邪険にされたあたしは、それでもくしゃくしゃになった花束を渡しながらふと玄関ホールを見渡す。たくさんの笑顔。たくさんの涙。あの人垣はたぶん先代の生徒会長。こっちの人だかりは高木先輩、そして向こうから時速30キロで押し寄せてくるのは……

〝かっせせんぱーい!!〟

〝おつかれさまでしたー!!〟

〝としゆきー!!　やめないでー!!〟

大階段の上から突然鳴り響く調弦。静まり返るホール。坂野先生率いる弦楽部が卒業式のど定番、ヨハン・パッヘルベルのカノンを奏し始める。演奏が中盤に差しかかると第一バイオリンを弾いていた生徒が演奏をやめ、立ち上がり、歩み去る。次はコントラバス。今年は二名の生徒が卒業していく。止まらない演奏。後ろに控えていた後輩たちが空いた場所に座り、カノンが繋がっていく。

「……こーいうの、弱いんだよなぁ」

加瀬先輩が泣いてる。神崎先輩も泣いてる。だっちだって、白山だって、智子だって、みんな泣いてる。

〝はーい、放送のみなさーん。こっちですよ～〟

カシャ！

先輩の卒業アルバムに載ったあたしたちの写真は、正直事務所チェック通せない感じだったけど、コレ1枚しかないから、今でもスマホのＳＤカードの片隅にずっと残ってる。人の親になった今でも。

＊

というわけで、やってまいりました。新入生を騙くらかして、受験の緊張から解き放って、青春の仲間入りを強要して、ついでに各団体の人員補充を果たすための傍若無人イベント!! 今年の教頭先生は第46代演劇部部長3年4組五味清香嬢、だっ！

「みなさんはご存知と思いますが、本校のカリキュラムは2期制をとっております。つまり4月から7月までの前期と……」

ヅラとかスーツとかに一切頼らないでThe都立高教頭（40代半ばバリキャリ女子風味）を体現していらっしゃる五味先輩。そろそろきっかけの台詞だ。トランシーバーの送話ボタンを押して回線を開ける。

「白山～、水銀灯アウト、スタンバイ」

〝スタンバイ、おっけー〟

「……Go！」

暗転。

この日、2時間に及ぶ新入生歓迎ステージと、智子の1分即興ライブパフォーマンス（マジ半端ないヤツ）で、あたしたちは三人の一年生《したのこ》をゲットした。しかもその日のうちに。
やったね！

「さ、これからが大変だ……」
大丈夫だよ！　だっち‼　ほら！！！

〝ぱちん！〟

これから何度となく合わせることになるその手。今日はちょっとジメッとしてたな。

いまさら恋愛パート

そっから半年後の三島。


「なんでっ⁉」

思わず、ではなくマジであたしは叫んだ。土曜の授業を2限まで出たあと、新幹線に飛び乗って三島駅で降りて、会館までタクシー飛ばして仕込み終わって、演劇部の顧問から渡された宿泊先の地図のとおりに歩くこと20分。急なことだったので演劇部と同じ宿がとれなかったたって、顧問は謝ってはいたけど……。

「なんで、先輩と相部屋なのよっ！」

一応あたしは女子でだっちは男子だ。同じ部屋とかいろいろとめんどくさい。

「んなこと言われても、どうしよ？」

まぁ、だっちが悪いわけぢゃないものね。

「先輩が、演劇部の宿いけばいいんじゃない？」

「だって、演劇部、今は女の子ばっかだよ。中島が行けば……」

「やだっ！　あんな女クラ集団と一夜を過ごすなんてっ！」

「じゃ、どうしよか」

「野宿《おそと》」あたしは外を指差す。

「……えー」

10月の初め、それなりに冷たい夜風が自動ドアの隙間から忍び込み、あたしたちの間を吹き抜ける。

「……寒いです」

「……あの、お客様」

ビジネスホテルの薄暗いロビー。カウンターの向こうからうだつの上がらない風体の中年男性が、見慣れない高校の制服にたじろぎながら声をかけてくる。

「もし、よろしければ、もうひと部屋お取りすることもできますが」

「できるんですか⁉」

「ただ、ですね、追加料金のほうをお支払いいただく必要がございまして」

「おいくらですか？」

「残りのお部屋がスイートでして……1泊2万円になります」

あたしたちは一応高校生だ。そんな大金いきなり払えるはずもない。仕方がないから演劇部の顧問に電話をしてみる。

「この電話番号は現在、お客様のご都合によりお繋ぎできません……」

だーっ、料金払えよ、貧乏公務員!!

「やっぱり中島が演劇部の宿いくしかないね」

「でも演劇部の宿知らないし……」

「……ゑ?」

「……あの、お客様」


三島ステーションホテル1012号室。演劇部の顧問の先生はご丁寧なことに宿泊人数だけを連絡したらしく、ツインの部屋は落ち着いた照明と最低限の調度品、そしてダブルベッドで妙にすましていた。あたしの心とは裏腹に、なんだかだっちは嬉しそうに部屋を歩き回る。〝おっ、電源とLAN回線。さっすがビジネスホテル。仕事ができてしまうではないか……〟なんて言いながら荷物を降ろしている。


「先輩さぁ……」

「ん?」

「うん……」

「……あ、大丈夫。こんなこともあろうかと寝袋も持ってきたし」

いつもの機材満載バックパック、の一番下にクッション代わりに入ってるスリーシーズンの寝袋、を引きずり出しながらだっちは言う。

「中島はベッド使えよ」

「そうじゃなくってさぁ」

だっちの手が止まる。

「なんでしょか？」

「あ、いや」

「着替える？」

「……ううん」

「あ、風呂、じゃ、外で待つよ……」

「うん」


だっちは部屋から出てゆく。違うんだけどなぁ。って何が違うっ↓あたし。

で、とりあえずクローゼットを開けると浴衣が二組きちんと折り畳んで置いてあってなんだか少し焦る。荷物からお風呂セットを引っ張りだし、制服やら下着やらを脱いでバスルームに入る。壁のつまみをひねると壁面にかかるシャワーからお湯が噴き出してくる。手で温度を確かめて頭からお湯を浴びる。立ちこめる湯気の中、あたしは、しばらく何も考えずにシャワーに打たれる。きらいな体。背は小さいし、頑張ってないと猫背になっちゃうし、腕には灯体をいじってるときについたヤケドの跡が残っている。髪の毛はもうだいぶ前から切っていないので中途半端に長い。

先輩に悪いので手早く済ませ、浴衣に着替えて部屋の外に顔を出す。だっちは扉の横で突っ立っていた。

「……お」

考えたら、人前で浴衣着るなんて初めてな気がする。

「?」

「いや」

気のせいかだっちが動揺しているように見えた。なんとなくありえない。

「先輩は、入らなくていいの?」

「あ、あぁ。入る……」

今度はあたしが外で待つ番だ。それにしても、知らない人が見たらまるでアホな展開よね。

部屋の前で待つのも馬鹿らしいので、廊下の突き当たりの自販機コーナーにふらりと入る。ガムテープで補修されたぼろっちいソファが幅を利かす寒々しいスペースに、白々しい蛍光灯の光が満ちている。申し訳程度についてるはめ殺しの窓の向こうには町の灯りが見える。に、しても寂しい。三島は田舎だ。

髪の毛から雫が落ち、肩にかけたタオルに染み渡る。ソファの端っこに腰をおろし、ふと、思う。条件反射で浴衣着ちゃったけど、私服くらい持ってくればよかった……。それにしてもホテルに男、の子と二人でお泊まりなんて、あのヒトが聞いたらどんな顔するかしら？

廊下の向こうで扉が開く。そういえばだっちの浴衣姿見るのも初めてだわ、って、浴衣じゃないし……。

「あがったよ」

部屋に入りながらあたしはつぶやく。

「……先輩さぁ」

「なんでしょ？」

「何？　その適当な服はっ？」

「いや、これ普段着だけど」

奴は七分丈のパンツに大きめのプリントシャツ、裸足にスポーツサンダルなどというふざけた格好で現れやがった。ぜんっぜんキャラに合ってない。何その陸《おか》サーファーみたいな格好！　だいたいなんで！　なんでそんな……さわやかなの？

だっちが眼鏡を外したのを見るのは、これが2回目。そもそもあたしたちがこんなトコまで来ることになった演劇部の公演のことを伝えにいって以来だ。あの時は……、なんていうかすごくびっくりして、あんまり顔とかきちんと見られなかったけど。意外とだっちは端正な顔立ちなのだ。つくりが丁寧というか、磨けば光るというか……。ん、あたしは奇麗なものはきちんと認める主義だ。

「へぇ、先輩って年頃の格好すればそれなりじゃない」

「それは、……褒めてるの？」

「まぁそういうことにしておけば」

「ありがと」

「……ね、鏡とか真剣に見たコトあるの？」

「……真剣に見て、どうするの？」

「……聞いたあたしが悪うございました」

きっとだっちは気づいていないのだ。とにかくあの眼鏡とぼうぼう髪の毛がひどかったのだということを。で、少し気になった。なんで突然、両方辞めたのかしら。

「まぁ、いままでそんな暇と気がなかったからね〜」

コトもなげにそう返事するのはいつものだっちなハズなんだけど、……いまいち調子狂うのよね。

「もしかして、わかっててやってるの？」

「何を？」

「も、い」

で、部屋の中にはなんだか重苦しい空気が漂ってしまったりするわけです。手持ち無沙汰なあたしたちは明日の本番用のキューシートとか見返し始めてみたりするのだけど、これって再演も再演なのよね。ついこの間、1週間前の文化祭でやってたばっかりだから、そんなもの読まなくても体が覚えてるっつーの！


「中島さ」

床に広げた寝袋の上で、書類から目を離さずにだっちが言う。

「なんですか？」

ベッドの上にうつぶせになりながらあたしは生返事。

「今まで、ありがとう、な」

「え？」

「……一応さ、中島と仕事すんの、明日で最後だから」

その不用意なひと言はあたしに敵意を抱かせた。

「はい、そうですね……」

「なんだよ、それ？」

言葉に出てしまったトゲが先輩を振り向かせた。

「先輩には関係ないっ！」

「中島？」

寝袋の上からこっちを見てるピアノ氏。あたしはちょっとした怒りすら感じていた。この1年半。ちょっと時間があればdutchで過ごしながら、柄にもなく〝また会えないかな……〟なーんて妄想してた相手が、実はずーっと一緒にいた人だったなんて、まったく気が付かなかったさ。何本も一緒に現場やって、一緒にいろんな目にあって、一緒になんとか乗り越えてきたってのに全然。なんなのよ、あたし……。

っていうか、あたしこの人に全部見せちゃってる気がしてならない、いろいろと。そう思ったら、ほんとにキャラに似合わず赤面ですわ。ガサツな性格、女子力の低さ、ろくに偽装もせずに女のチャック全開であけっぴろげだったわけですよ。……そういえば、ほんとにあけっぴろげだったこともあったような。

でも……そういったこと、だっちは知らない。知るはずもない。だって、だっちはだっちのままなんだから。飄々としてて、つかみどころがなくて、うさんくさくて、どこか完璧で、でも放ってはおけなくて、そういう人なんだから。

「困ったな」

「そうですよね……、わけ、わかんないですよね……」

やっぱり冷静な早瀬先輩にあたしは急に後輩モードになってしまう。なんだか久しぶり。

「中島さ」

「はい……」

「何かあったの？」

どちらかというと、これから何か起きてしまいそうなシチュエーション。先輩とあたしはビジネスホテルの客室で向かい合った。

「先輩」

「はい」

「ご飯。食べに行きません？」

そういえば晩ごはんがまだだったのだ。


ホテルの地下のフロアには何軒かの飲食店があった。さすがは三島。昭和（生きたことないけど）の香りにこと欠かないラインアップ。とりあえず和食屋に入る。すでに何組かのおやぢが和やかに酒を酌み交わし、賑やかに談笑していた。なんかとっても場違いな感じがするけど、だっちは平然とカウンター席について〝とりあえずお茶〟とか言ってる。

「中島は？」

「あ、お茶で」

大きめの湯呑みが出てきたのでなんとなく乾杯。

「おつかれ～」

「おつかれさまで～す」

で、ひと口啜ってメニューを物色。だっちが〝コーンスープがない……〟とか意味不明なことをつぶやいているので、あたしが注文する。

「とりあえず刺し盛り三点のほう、と湯豆腐一人分、柚子胡椒つけて……それから、茄子の田舎煮。で、いい？」

「いい」


陸サーファーと浴衣にスタジャン女（どっちも年齢不詳）。なんだかよくわからない組み合わせ。なんともいえない気まずさを取り繕うかのごとく、少し明るく振るまってみる。

「先輩はこのあとどうするの？」

「どうって？」

「一応理系なんでしょ」

「あぁ、ま、一応」

「大学とかいくの？」

「う～ん。考え中」

「もう、先輩も受験生なんだし」

「そうか、受験生なのか俺」

「……自覚ないの？」

「あんまり」

「でも、先輩って勉強はできそうよね」

「そんなでもないよ」

この前、放送室の机の下に落ちてた全国模試の順位表のことを思い出す。71位、早瀬洋平（東京）って書いてあったけど、やっぱりあれは同姓同名の違う人なんだろうか？

「この前の模試も中の下くらいだったし」

「中の下って、もしかして71位とか？」

「あぁ、たしかそんくらい……、って、なんで知ってんの？」

「……まさかその順位、校内のだと思ってたりするわけ⁉」

「違うの？」

……だめだ。こいつは根本的に間違えている。

「あれって全国の順位だよ。日本全国！」

「……そうか、どうりで知らない人ばっかり載ってると思った」

この人はたぶん、同じクラスのヒトの名前だって覚えてないんだろうけど……。

「そうかぁ、どうりであっちこっちの地名が載ってるわけだ……」

「本気なの？」

「うん、今知った。俺すごいじゃん」

「……あぁ、すごいすごい」

　呆れた。

　隣でだっちはお茶啜っている。まったくもってこの人はわからない。手足がびろびろ長くて肩幅広くて、みるからにオタクで挙動不審で、でもその似合わない眼鏡をとるとびっくりするぐらい端正な顔立ちで、実は例のピアノ氏で、スゲエ頭がいいことが判明して、しかも結構バカであたしの先輩で一応高校生……。なんだかほかにもいろいろ隠れてるような気がして、あたしは少しいたずらしてみたくなった。

「先輩さ」

「ん？」

「自分のことあまりしゃべらないね」

「聞かれないし」

「じゃあ、聞きます」

「はいな」

「先輩、彼女とかいるの？」

「いない」

「好きな人は？」

「今はちょっと言えないな……」

「何よそれ……、じゃ、家族は何人？」

「いない」

「……いや、あの好きな家族って質問ではないですよ？」

「家族いないけど」

「へ？」

「今、一人」

「先輩、一人暮らしなの？」

「うん」

「家族は？」

「だから、いない」

「……？」

「死んだんだよ。小三ン時。事故で」

「……」

「悪いこと聞いたとか思ってる？」

「え、えぇ」

「でもさ、もう結構経つし、今じゃそんなに悲しいとかもないんだよね」

「……」

黙ってるあたしに、今度は先輩が聞いてくる。

「じゃ、質問」

「は、はいっ」

「彼氏は？」

「いません」

「好きな人は？」

「え、いや、いません……」

「……誰よ？」

「……あの、先輩、の知らない人」

だーっ、何を動揺してるのですか↓あたし。

「……中島さ」

「はいっ！」

「俺を動揺させようなんて10年早い〜」

今まで見たこともないいたずらっぽい顔で先輩が笑った。まずい。見とれた。

お刺身とか田舎煮とかつっつきながら、あたしたちはとりとめもなく話し続けた。あたしは先輩のことをいろいろ知った。先輩の両親は先輩が9歳の時に交通事故で他界したこと。それからの親戚の家を転々と移り住む日々。結局そうした生活に馴染めず、高校に入ってから一人暮らしを始めたこと。今まで全然知らなかった先輩のいろいろなこと。でも少し気になった。なんでそんなに話してくれるんだろう先輩？

「……なんかさ、話したくなったんだよ……っていうか話しておかなきゃいけないような気がしてさ」

「なんですかそれ？」

「なんだろうね？」

あたしはふと、わたしのことを考えた。〝あたし〟がまだ〝わたし〟だった頃のこと。小さい頃から成長が早く、実際の年より上に見られることが普通だった。画素の荒い写真の向こうに笑う美しい男女。今は亡き両親の血を受け継ぎ、背があるわけではないけれど、物覚えはひどくよかった。そしてその血とともに相続したちょっとした資産にまつわる、周りの大人たちの言葉や諍いの端々に、幼心に恐怖を感じていた日々。親戚中を巻き込んだ騒動の結果、なぜか一緒に暮らすことになった葉子《ようこ》おばちゃん（葉子さん、でしょ！真希！）は、まだ小さかったわたしを邪険にしながらも一応育ててくれた。仕事の虫だった葉子さんは、朝早くわたしを保育園に放り込んで会社に行き、夜遅くまで帰ってこない人だった。家にいる間だって、気が向いた時に入るお風呂と力尽きて寝る時以外はだいたいパソコンで仕事してた。わたしがうっかり風邪でもひこうものなら〝急に熱出してんじゃねえよ！　仕事休まなきゃなんねえじゃねえかよ‼〟と怒られる始末。結局休むわけにもいかない葉子さんは、わたしを連れて〝打ち合わせ〟というものに行くことが多かった。普段見たこともないようなちゃんとした格好の葉子さんが、Ａ３のカラフルな図面片手に、聞いたこともない単語をつらつらと並べて丁寧にお話ししてる横で、おとなしく座ってるのが私の仕事だった。〝打ち合わせ〟が終わると机の向こう側に座ってたかっこいいお兄さんやおじさんたちが〝えらかったね～おとなしくできて。またおいでね～〟と頭をなでてくれるのが嬉しかった。その〝かっこいいお兄さん〟が何週間かあとのテレビで歌って踊ってるのを、葉子さんは〝もっと全景映してくれないとわかんねぇよ〟などとぶつくさ言いながらちょっと嬉しそうに見てた。たまの休みの日には、美術館とか展示会に連れてってくれてちょっと楽しかったけど、小学生ぐらいになると、それも葉子さんの仕事だったんだとわかるようになった。中学校の制服を着る頃には掃除・洗濯・炊事・ゴミ出しがひととおりできるようになって、葉子さんも怒らなくなった。かわりに彼女はいろいろなことを教えてくれるようになった。この社会で女があらかじめ背負ってるいろんな重荷。男共のバカさ加減とあしらい方。実際まだぎりぎりアラサーだった葉子さん（アタシはまだ余裕で39だよ！　真希！）はうんと年の離れたお姉さんみたいな存在で、仕事がひと段落するたびに、この社会のどうしようもないとこを、芋焼酎のグラス片手に、年端もいかない中学生女子に滔々と叩き込んでくれた。そんな話を半分くらい聞き流しながら、濃い目の水割りとかお湯割り梅干し入りとか、それに合うおつまみとかを上手に作れるようになる頃には、中学校での生活はあまりに子供じみた茶番になっていた。成績はよかったし、友達や先生ともそれなりにうまくやっていたけど、心のどこかに寂しさがあった。もうわたしはまともな青春を送ることはないんだろうなぁと、半ば諦めていたそんな中3の夏に、あろうことか葉子さんが日和った。


「真希……、わたし間違ってたわ」

夜もふけたのに、めずらしくしらふの葉子さんは、そう切り出した。

「男って全部が全部ダメってわけじゃないんだよ。真希。この世界だってそう捨てたもんじゃないんだ」

酒が足りないのかと思って慌てて準備しようとしたわたしを、葉子さんは初めて抱き締めてくれた。

「今までいろいろありがとうね、真希。こっから先はアンタの好きなように生きてみな」

葉子さんがそれまで使わずにとっておいてくれた両親の生命保険と、知らぬ間に書き溜めていてくれたわたしの成長日記の束を残して、12年間一緒に暮らしたマンションを出ていった時。うっかり涙が出そうになるくらいの感謝と、こっから先どうすんだよという不安と、あと年不相応の完全な自由を手に入れてしまった困惑を胸に、わたしはつぶやいた。

「幸せになってくださいね、この裏切り者」

この日を境にわたしは葉子さんと一人称を交換してみた。口にしてみると意外に馴染む、あたし。


そんなあたしの人生の要約版を話す。先輩はくすりと笑う。

「中島が自分のこと〝わたし〟って言うなんて想像もできないな」

「一応、わたし、女、ですから」

「さようで……」


結局、あたしたちは似た者同士だったわけだ。家庭の温もりを知らず、年不相応な諦念を抱え、子供らしくあることを割愛して生きてきた者同士。なんだか一年も先輩後輩してるけど、今日初めて知り合った気もする。でも、あの日感じた懐かしさの正体がわかったところで、ヤツへの感情は一方通行だ。ちょっと癪に触る。


「うわぁ、なんかむかつく！」

「何が？」

「……青春、返してよね」

「……返すったってどうやって？」

「そんなん先輩が考えなさいよ!!」

「なんかこえーな中島……」


気がつけば、お店にはあたしたちしかいなくなってた。厨房からいろいろお片付けしてる音が響いてくる。テーブルには相変わらず大きめの湯呑みがふたつ並んでる。


「……じゃ、これ飲んだら部屋戻るか～」

「そうしますか～」


葉子さんはよく〝こういう場になんないと話せないことってあんのよねぇ〟って言ってたけど、なんか向こうのほうから来ましたよ……。


「……とりあえずさ～、メガネ外すとイケメンって古典的なのやってみたんだけど、どう?」

ま、先輩にしては上出来なんじゃない……、ってそれどういう意味?

「そういう意味。どう?」

え～マジか?　いきなりか?　あたし先輩と付き合うのか?

「ほら」

先輩が片手あげて待ってる。

〝ぱちん〟

取引成立。

だって、こんなに気心知れた先輩からの正統派メガネ男子萌え的展開、どうしようもないじゃないの！　人生にトドメ刺されたようなもんよ、まったく!!

「中島のそーいうサバケけたトコ、結構好き」

あぁーそうかい!!　あたしだって、アンタみたいな飄々野郎《ぬらりひょん》大好きだよ!!

で、結局その日の夜はダブルベッドで一緒に寝てみました。久しぶりに誰かと一緒。あったかかった。それだけ。

翌朝、目が覚めると、先輩はとっくに起きてて制服に着替えて荷物をまとめてた。あたしは先輩を追い出し、もう一回シャワーを使い、大急ぎで着替えてロビーに下りる。

「じゃ、行きますか」

二人の最後の現場《じんせい》が始まる。

＊

いつもの飯田橋駅。いつもの牛込橋。いつもの先輩が自転車に腰かけて本読んでる。

「おはようございます」

「お、おはよー」

二人でいつもの坂を上り始める。

高校生の恋愛なんて、基本見た目からスタートだ。あたしは気心知れた先輩の〝古典的メガネ男子萌え〟からのエントリーだし、先輩はあたしの〝実は着痩せするタイプ〟ってのがどツボなんだって。男の人ってなかなか謎よね。

まぁ、あたしたちの場合、お互い一人暮らしだったたってのもあって、ブレーキかける人とか状況とかってのも皆無なんで、付き合い始めてからの展開はたぶん早いほうなんだと思う。来週には練馬のアパート引き払って、あたしん家に引っ越してくる先輩。賃貸に無駄金突っ込むより、自己所有のマンションで一緒に暮らしてお金節約して将来に備えようって二人で決めた。なかなか堅実でしょ。

ちっちゃい頃から早くオトナになりたいって思ってたけど、いざそのスタートラインにつくと（ちょいと早すぎる気もするけど……）、高校生《ガキ》なりに気も引き締まる。いろいろと考えなきゃいけないこと、やんなきゃいけないことがいっぱいだ。

「おはよーう！」

後ろから白山の弾んだ声が飛んでくる。こいつも最近ようやく自分のポテンシャルがわかった（やっとコンタクトにしてくれたよ……by会長氏）らしく、堂々の同伴登校だ。

「真希たちって、まんま耳◯まよね。朝っぱらから見せつけてくれちゃって、こっちが赤面だわ」

お前が言うな、お前が……。

まぁ、そんなわけで、17歳のあたしはそれなりに青春《じんせい》を謳歌してた。来週には18歳になる先輩。ハンコ押していただきますからね。

〝あいよー（笑）〟

ということで、翌週。広尾三丁目の葉子さん家《ち》におしかけてみた。

「……真希さぁ、どこでとっ捕まえてきたのよ、このナイスガイ」

高校の、先輩です。

「初めまして。早瀬です……」

「えー？　高校生なの⁉　最近の子供《おこちゃま》って進んでるわね～」

どうです？　あたしの選球眼。

「まぁ、合格ラインね……」

じゃ、ここに署名捺印おなしゃーす。

「……真希ねぇ、若気の至りってコトバ知ってる？」

……だって葉子さん、コレってオトコ見つけたら何はともあれハンコ押させなさいって言ってたじゃないですか？

「そりゃアラサーのハナシよ‼」

そんなこと言うアラフォーの葉子さん。おっきくなったお腹抱えて一応証人欄にさらさらぺったんしてくれた。

「いやー、高齢出産っていろいろ身構えてたけど、酒飲めないのは誤算だったわ～」

アンタいいオトナなんだから、それぐらい計算しときなさいよ……。

＊

もうね、築20年の〝ビンテージ〟マンションだから、コンクリートに断熱材とか入ってなくて、ひんやりとした冷気が壁紙貫通してひたひた押し寄せてくるのよ。だから11月にもなれば夜は半端なく寒い。まぁ最近はお布団の中に熱源《だっち》が入ってるからわりに楽勝なんだけど、この熱源ちょっとばかし問題が……。


「ねぇ、先輩ってなんで半袖七分丈なの？」

「……だって〝それなり〟って言ってたじゃん、中島が」

「あのね～、気温に合わせて服を変えるのって、義務教育中に習わなかった？」

「オレ真冬でも半袖っていう健康優良児だったし……」

「あー、そ～いう子いたわ～……」

「……ごめん、もうちょっとくっついてもいい？」

「はいはい……」


何気に新婚2週間目のあたしたち。いまだに呼び方は〝先輩〟〝中島〟〝だっち〟〝お前〟あたりだし、こうやって布団の中でくっつく以上のことは一切ない。家事を二人で分担できるようになったから、日々の生活はラクになったけど、今ひとつ実感がわかないのよね～。

「だいたいからして、あたしの〇欲はどーなんのよ！」

「……オレがどんだけ我慢してるかわかっておいでか？」

まぁ、先輩の親権者（いけすかない高飛車ＢＢＡ）に〝別にダメとは言わないけど、そのへんきちんとすんのよ〟って署名捺印いただく際に釘刺されたから無茶はできないんだけど、健全な高校生男女としては、もうちょっとなんかあってもいいような気がしないでもないわけで。

あれ？　先輩？　急にそんなにぎゅーって。ちょっと！　イタイってば……。

ガチャ。

「はいはーい！　夜の見回りまいりました～!!」

まーた性懲りもなく来たよ。葉子さんが……。

先輩が引っ越してきてからというもの、毎晩おっきなお腹かかえてやってくる葉子さん。

そんなに気になるんだったら住んじゃえばいいのに、どうせ旦那さんまた海外とかいう流れなんでしょ。

「酒飲めなくて眠れないのよ～！　ねぇ早瀬くん、真希とどこまで行ったのかな～？　キャー!!」

……アンタ絶対飲んでるだろ。そもそもアンタのせいで物事が前に進まないんだよ、いろいろと。

「……真希って最近冷たいよね～」

「中3の夏にあたし見捨てたヒトの台詞とは思えませんね……」

「葉子さんって、中島のこと12年も面倒見てたんですよね」

「そうよ～、いっちばんキャリア積まなきゃいけないって時期に、オムツとか保育園とか、ほんっと大変だったんだから」

「……それ言う？」

「まぁ、おかげでこいつのいい練習になったから、トントンかな……」

お腹をさすりながらつぶやく葉子さん。

「どっちなんですか？」

「女子だってさ～」

会心の出来のデザインを見せてくる時のあの顔で、葉子さんは言う。

「いいヒトだね、葉子さんって」

「そんなこと、わかってるっての……」

葉子さんがひとしきり騒ぎ立てて〝じゃ、またねー〟って出ていった2DK。先輩とのママゴトみたいな生活もあのヒトに見透かされてるんだろなぁ。

「……もう、遅いし、寝るか」

「そうね……」

二人でお布団入って目をつぶる。急に唇重ねられるあたし。え？

「おやすみ!!」

真っ赤な顔して目をつぶってる先輩。なんてピュアなのこのヒト。っていうかこんな少女マンガ的展開にあたしマジ困惑。

*

二人分の荒い息。二人分の速い鼓動。窓の向こうから渡ってくる中央線のカタコトという乾いた音。冷蔵庫の微かなため息。時折裏通りを通り過ぎるタクシーか何かのつぶやき。遠くの、近くの、高くて、低い、音の群れが、あたしの頭の右のあたりでうずをまいて混ざり合い、宙を浮いてるようなイメージに包まれる。

ずっと聞いていたい音。ずっと浮いていたい宙《そら》。でも先輩は待ってくれない。

あたしは自分でもびっくりするような大きな声をあげる。そりかえる背中。妙にこわばるつま先。

全てがかき消えて、あとに残るのはお腹の下でずんずんと脈打つあなた。

あたしの前髪から、熱くて冷たいしずくがひとつ、ゆるやかに上下する胸におりていく。

人差し指でそれをつーって伸ばすあたし。

二人の目が合い、もう2回か3回、ほほえみとくちづけが交わされる24時56分。

＊

あまりの寒さに目が覚める6時30分。まぁ、あたしも先輩もなんにも着てないんだから仕方がないわよね。なんだかんだいって全部見たし、どーのこーのいいながら全部見せたとはいえ、恥ずかしいモノは恥ずかしい。そーいうわけだから、スースー寝てる先輩を起こさないように、お布団のあちこちから服だの下着だのをかき集めるんだけど、これって地味に大変。

前に一度、先輩が起きちゃって〝着せてあげようか?〟って真顔で言ってきたけど、〝……ヘンタイ〟って言って丁重にお断りしました。

汗やら何やら、まぁいろいろとついちゃってるシーツとかタオルケットとかを下洗いして洗濯機に放り込むあたし。先輩もうちょっとなんとかなりませんか?

「まぁ、半分は真希のせいだからね」

いちいちごもっともなコトを仰る先輩は、台所で朝ごはんを作ってる。今日のメニューはベーコンエッグに、レタスとトマトとキュウリとアボカドのサラダ。いつもの珈琲。そして98円の6枚切りが2枚。

二人で暮らすようになって、お家でいただくご飯のレベルは格段に上がった。先輩はとても楽しそうに〝オレは今、真希の体を作るものを作っているのだ〟なんて意味不明なことをつぶやいてるけど、そんなにあたしを太らせたいのかな、このヒト。

長すぎる腕と指を持て余しながら、黙々と洗濯物を干す先輩。歯ブラシをくわえながらその横を通り過ぎると、相変わらずヒトの下着を干しながら真っ赤な顔をしてらっしゃる。先輩それ、昨日も一昨日もさんざん濡らした挙句に脱がしましたよね、今さら何照れてるんですか？……って言うと、

「……お前さぁ、そういうことじゃねえんだよ！」

ってわりとマジに怒るから、言わないでおくの。

お皿洗って掃除して、ヒゲと髪の毛整えて、トイレ行ったり制服着たり、ちゃっちゃとゴミをまとめたり。カバンを持って靴を履いたら、深呼吸と背伸びをひとつ。

「いってきまーす！」

近況報告

まぁ、どうせこんなことだろうと思ってた。早瀬が脚立に登って慣れない手つきでライトの調整をしている。わたし自身はもう関係ないんだけれど、一応〝わたしたち〟が主役のイベント、の前の日。

「あ、神崎だ、って、なんかずいぶん雰囲気変わったね、久しぶり～」

「……早瀬だって、なんか違うヒトみたいね」

この間ちらっと会ったのが文化祭の時に放送室差し入れに行った時だから、もう半年くらいも前の話だ。それだけあればいろいろと変わる。わたしはもうここの生徒じゃないし、厳密に言えば制服偽装のうえ、立派に不法侵入の類だ。

「そういえば、真希ちゃんとはうまくやってるの？」

「まぁ、仲よく暮らしてますよ。一緒に」

「……アンタって奥手なわりに展開早いわね」

「BGMの盛り上げ方と一緒で、最初すーっと入ってって、そっからずばーっと……」

「あんまりやりすぎると暗転されるわよ、真希ちゃんに」

「そういう神崎はどうなの？」

「わたし？　まぁお預けってトコかな、1年くらい」

「犬じゃないんだから……加瀬さん元気なの？」

「知らない。連絡もとってない」

「……相変わらず攻めてるよね、神崎って」

「まぁ、いろいろと、ね」

「明日は？　来るの？　卒業式」

「まぁ、来てもいいんだけど、ちょっとこのあと寄るとこあんのよねぇ。そこ次第かな」

「ふーん。そう。じゃ、また明日〜」

「落っこちないでよ〜音響さん　Bye」


久しぶりに下りる北階段。こんなに狭かったっけ？　カバンの中でスマホが唸ってる。先輩からの1年ぶりのメッセージ。最後の現場の味気ない連絡の下に、〝おい、1年たったぞ〟ってひと言。もう20分くらい待ってから返信しようかな。ここから早稲田まで、そのくらいかかるし、ね。

☆

たふつ大学ってどこだよ！　まさちゅーせっつ州って何県だよ!!　単位取りまくって秋卒業からの1月入学とか聞いたことねぇよ！！！　国際関係学でジャーナリスト専攻って女子アナってレベルじゃねーぞ！！！！

1年待って連絡してみたらこのザマだよ。何手の届かねぇとこ行ってんだってハナシだよ。さんざん気ぃ持たしといて、〝いちねんご〟とか携帯会社みてえな縛りかけやがって、挙句の果てに海外留学ですか？　英会話学校もびっくりだっつうの。

でさ、さすがにすげぇムカついてきて無料通話ボタン押してやったんだよ。相手がアメリカでパケットで討ち死にとか気にしてる場合じゃねぇし。そしたら、なんか声が二重に聞こえんのよ。

「先輩あいかわらず下宿なの？」

って。

「……なんか先輩の悶えてるっぽい物音が玄関まで響いてますよ」

って。

で、部屋の安普請ドアばーん開けたらそこに立ってんのよ、神崎が。

もうさ、どんだけ会いたかったかとか、いちいちコトバにしてる場合じゃないから、抱き締めてやった。そんだけ。

＊

結局、卒業するまでこの景色を見ることはできなかった。あれはあたしが入学した時のことだから、もう3年前。だいたいからして忙しすぎるのよね、この時期は。つい先週、板橋たちに〝いろいろおせわになりましただぁー〟って送り出されたばかりだけれど、境内の向こうの見慣れた校舎はなぜだかひどく他人行儀に見えた。

「おまたせ～」

後ろからトンってしてくる、いつものおっきな手。先輩は私大の芸術学部で、音響の勉強をしてる。〝機材はスゴイんだけど、ちょっと物足りないんだよなぁ〟が口癖。学費は相変わらず自分で稼いでる。土日は普通に単発のイベントとかライブの現場に出て働いてるから、あたしとはほとんど休みが合わないのがちょっと不満。っていうか、そんなに稼げるんだったら大学行く意味、なくないですか？

「……一応、公《おおやけ》の劇場に勤めるつもりだから、四大くらいは出とかないとね～」

ふーん、そんなものかしら。そういうあたしはといえば、実はすでに社会人。照明の道も捨てがたかったけど、葉子さんの一本釣りで、オクタに出入りするようになって、ノートパソコン鉛筆代わりに子供向け《イーテレ》の図面を描く毎日。朝、テレビをつけてくれればあたしの描いたステージ（低予算でできて見栄えがするヤツ）、見られるから。

「フフフ、アタシの英才教育の成果を、これから存分に開花させるのよ！」

ほんとオトコに走ってあたし見捨てたヒトの台詞とは思えないわよね。

「真希ねぇ、こういう子供できても続けられる仕事ってナカナカないのよ～、ちょっとは考えなさい」

たしかにおっきいお腹じゃ足場登れない。フォローだって無理だ。

「まぁ、アタシは登ってるけどね……」

二人目妊娠中《ハイペース》な葉子さんは、〝ごっからじゃ全体が見えないのよね〜〟って足場よじ登ろうとしては、鳶《とび》さんに羽交い締めにされてるらしい。昨日美術《びせい》制作部の男の子が事務所で噂してた。


あたしたちは相変わらず若葉三丁目のビンテージ２ＤＫに住んでる。先輩はもう真っ赤な顔して下着干さなくなったけど、その分あたしの顔が赤くなるようなことばかりしてくる。


「手、繫ごうぜ」

うわー、公衆の面前ですよ……。


あたし的ボーダーラインと、先輩のボーダーラインは今でも違う。たぶん、先輩がオタクっぽく見えてたのだって、半分はあたしのせいなのだ。この間だってひと悶着あったし。

「真希……、今度のアレ、ホントに一緒に行かなきゃダメか？」

「だって三十年ぶりですよ！　今度はいつ来るかわからないじゃないですか！」

来月上野でやる『古代エジプト　神秘のミイラ展』。マジもんの神官ミイラが来るってのに……アンタそれでも理系なの？

「いや、今は文系だし……」

まぁ、こういうシチュエーションだし、仕方がないから手を繋ぐ。こーいうのってほんと苦手。あたしの顔はみるみるうちに赤くなる。それなのに先輩はさらに無理難題を吹っかけてくる。

「たまには、だっち、って呼んでくんないかな……前みたいに」

名づけ親のあたしとしては、すごくすごく申し訳ないのだけれど、先輩、それはちょっとムリ。だって先輩だって、ナカジマ、って呼んでくれないじゃない！

「……もう、ナカジマじゃないだろ」

ほんとこの国の制度って腹立つわよね。あたしのアイデンティティーはどこいくのよ……。

まぁ、千鳥ヶ淵に桜が舞うこんなに優しい日なんだから、目くじら立てたってしょうがない。どうせなら、この風景の一部になってみましょ。ね、せーんぱい！

「……せんぱい、ってのも考えたら結構エグいよな」

久しぶりに真っ赤な顔になる早瀬洋平クン。フフ、これで引き分けよ。

あたしたちの人生はこれからです。

特別編　おかあさんだっこ

また、この台詞聞かされんのかよ……。まだ朝の6時だよ。図面とMac片付けて寝たのが4時《ついさっき》だから、アタシの睡眠時間2時間で終了のお知らせかよ！　だいたいこんなちっさいガキおいて海外に取材旅行でヘリ事故死なんて、セレブの無駄遣いもいいトコだよ、あん夫婦も。せっかくいい大学出てキャリア積んで絵に描いたような出会いからのゴールインでこんな可愛いやつ出てきたってのにさ……。

真希は可愛い。それに一生懸命やってると思う。オムツだってだいたいとれたし、たまに夜中布団濡らしちゃって、申し訳ないけどお怒りモードのアタシの顔色伺う時なんて、若干いじらしくて、いろんな涙がでてきちゃってもうなんだか。ご飯だってアタシのコンビニ飯＋α《アルファ》（α《アルファ》に命かけてるんだよ！　アタシだって）だまって食べてるし、保育園じゃおかわり余裕って毎日日記に書かれてる。できた子だと思う。実際のトコ。

この子と暮らすようになって、心の振れ幅ってのがすごく大きくなった。ちょっとした出来事で頭に血が上ったり、ありえないくらい笑ったり。美大出て仕事一本やりで突っ走ってきたアタシに、人間の感情の起伏ってこんなに豊かで、こんなにスゲーんだよって教えてくれた。

で、それが最近描いてるヤツの出来栄えにもそれなりに響いてるってんだから、ホント面白いよね。アリーナの図面とか一歩引いたトコから目くじら立てないで描くと、収まるトコに収まる感がまぁスゴイ。実際んとこアタシがスゴイんだけど、たぶん今までのアタシには描けなかったこんなの。

まぁ、そういうわけだからギューしてやる。日に日に重くなるけど、まだまだちっこくてあったかいふんわりとしたかたまり。半分寝ぼけながら両手を精一杯伸ばしてアタシにまとわりつこうとする真希。

「……ようこ、さん」

おかあさんでいいよ。真希ちゃん。

この物語はフィクションであり、実在する個人・組織等とは一切関係ありません。

著者プロフィール

飯田橋 ネコ（いいだばし ねこ）

ふつうの会社員。四児の父。妻はデザイナー。子は全員女子。
休日はだいたい飲みながら家事して妻の帰宅を待つパターン。
家電が大好き。部屋干しも好き。キライなコトバはイクメン。
そんな執筆歴ゼロの筆者が約二週間で書いてみた結果がコレ。
あんまりよくわかんないけど一生分使い果たしたんだと思う。

放送委員会のススメ

2017年11月15日　初版第１刷発行

著　者　飯田橋 ネコ
発行者　瓜谷 綱延
発行所　株式会社文芸社
〒160-0022 東京都新宿区新宿1－10－1
電話 03-5369-3060（代表）
03-5369-2299（販売）

印刷所　株式会社フクイン

ISBN978-4-286-18807-2